葉月奏太

空とバイクと憧れの女(ひと)

実業之日本社

実業之日本社文庫

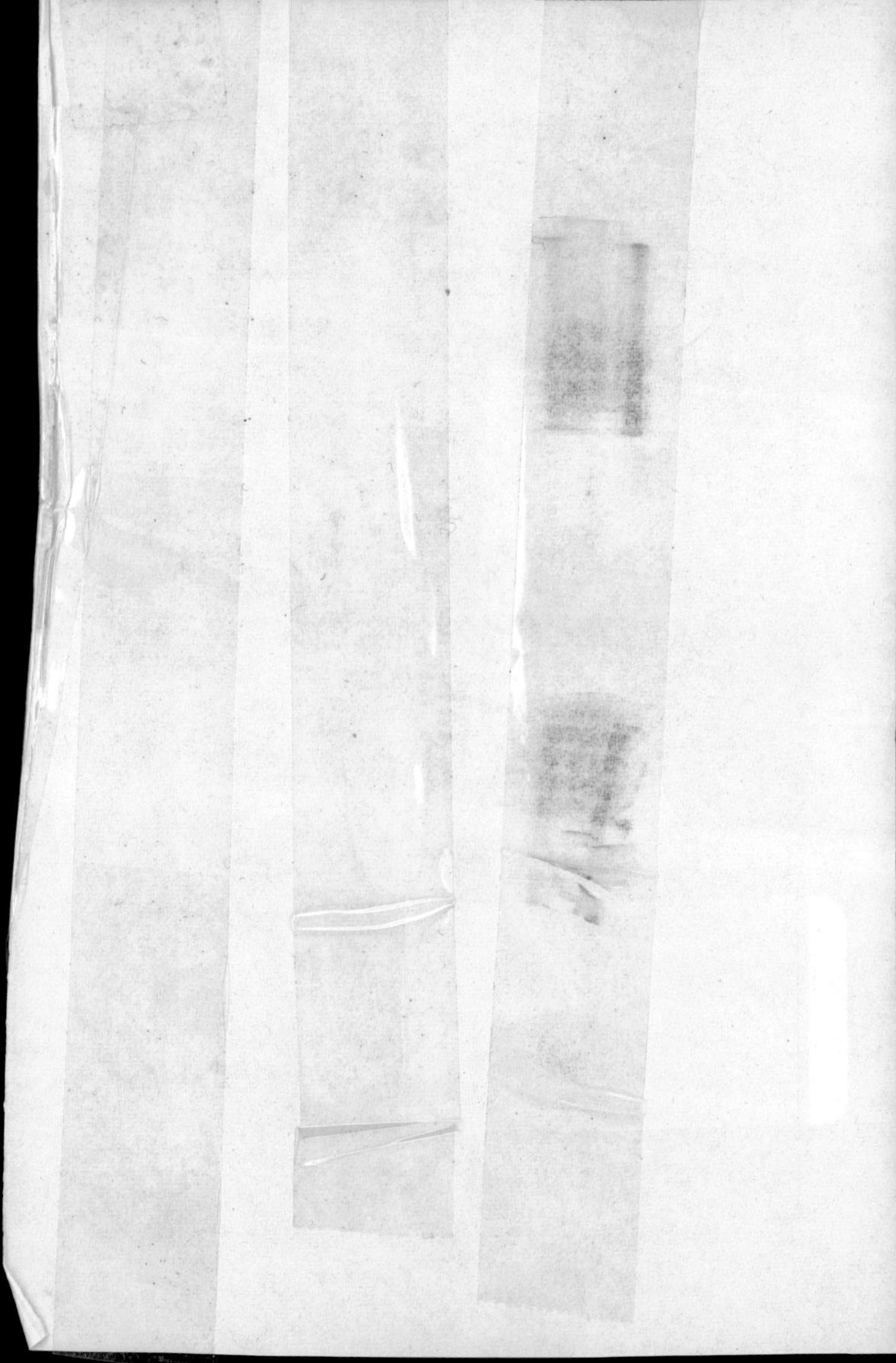

空とバイクと憧れの女　目次

第一章　思い出の女

1

岡野健司(おかのけんじ)は残業を終えると銀座(ぎんざ)に向かった。

タクシーを降りて、小雨が降るなかを足早に歩いていく。時刻は午後十一時になるが、傘を差した大勢の人が行き交っている。六月に入ってから蒸し暑い日がつづいており、今夜も気温が高かった。

通い慣れたビルに入るとエレベーターに乗りこみ、五階のボタンを押す。ジャケットの肩に付着した雨粒をハンカチで払って、窮屈なネクタイをほんの少しだけ緩めた。

ほどなくしてエレベーターが五階に到着する。

ドアが開いて廊下に出ると、正面にある木製の重厚なドアを押し開く。静かなジャズの調べとともに紫煙が溢(あふ)れ出した。

カウンター席が八つだけのこぢんまりとしたバーだ。

照明が適度に絞ってあり、落ち着いた雰囲気が漂っている。先客はスーツ姿の中年男が二名だけ。どちらも同期入社の友人だ。ふたりとも顔が赤い。だいぶ飲んでいるようだ。

蝶(ちょう)ネクタイを締めた年配のマスターが目顔で挨拶して、おしぼりをすっと差し出した。

「どうも。ウイスキー、ロックで」

健司はおしぼりを受け取ると、スツールに腰かけた。

「おっ、やっと来たか」

「お疲れさん」

同期の高山(たかやま)と大塚(おおつか)が軽く手をあげる。

「待たせて悪かった」

健司がつぶやくと、ふたりは同時に首を左右に振った。

マスターがカウンターにコースターを出して、琥珀(こはく)色の液体が注がれたグラスをそっと置いた。

「もっと早く来るつもりだったんだけど、思ったより手間取った」

自分でも言いわけがましいと思う。だが、ふたりが気を悪くしている様子はなかった。

「部長さまが、なに言ってんだ」

「仕事優先は当然だろ。とりあえず、乾杯」

高山が笑い飛ばして、大塚の音頭でグラスを軽く合わせる。

ウイスキーを口に含み、ふくよかな香りを楽しんだあと、喉にゆっくり流しこむ。山崎の12年だ。熟成された酒はまろやかで、喉は少し熱くなるが、アルコールのとがった感じはしなかった。

「忙しいのか」

高山が尋ねるが、仕事の話をしたいわけではないだろう。タバコを片手に、煙の行方をぼんやり眺めている。

「まあな……」

健司も仕事のことを語るつもりはない。短く答えるだけにとどめると、再びグラスに口をつけた。

月に一度くらいのペースで、こうして三人で集まって飲んでいる。

もともと健司は人づき合いが得意なほうではなかった。大学時代もひとりでいることが多かったが、社会人になったからにはつき合いを大切にしなければという気持ちがあった。

高山と大塚は、同期のなかで気が合ったのだと思う。なんとなく飲むようになり、いまだに関係がつづいていた。

三人は中堅商社の社員だ。

入社したのは二十二年前で、最初のころは仕事の愚痴や上司の陰口で盛りあがったが、今ではすっかり落ち着いていた。最近はとりとめのない話をだらだらするだけだ。

同期とはいえ、以前とは立場が違っていた。

高山も大塚も結婚して、それぞれ子供がいる。ふたりとも幸せそうだ。家庭中心の生活になるのは当然のことだろう。今も健司が来るまでは、子供の話をしていたのではないか。

健司は四十四歳という若さで、営業部長を務めている。

入社して営業部に配属されたときは、早く一人前になりたいと思った。同期の仲間に負けたくないという気持ちが誰よりも強かった。とにかく、がむしゃらに働いて、仕事漬けの毎日を送っていた。

その結果、同期の出世頭となったが、いまだに独身のままだ。

会社員になった以上、昇進するのがもっとも大切だと思っていた。しかし、結婚して家庭を持ち、うれしそうに子供の話をする同期の仲間を見ていると、自分の生き方が間違っていたような気がしてしまう。

「最近、どうなんだよ」

大塚がさりげなさを装って尋ねる。

さっそく本題に入るらしい。じつは最近、健司は交際していた女性と破局している。そのことを大塚は気にかけているのだ。

「どうもこうも、世相に反して残業つづきだからな……」

健司はそう言って苦笑を浮かべる。

実際のところ、残業しなければならないほど忙しいわけではない。なにかやっていないと考えこんでしまうので、無理やり仕事を作って会社に遅くまで残っているのだ。

相手の女性は取引先の営業部の社員だ。仕事熱心なところに惹かれて、健司が食事に誘ったことで交際がはじまった。

彼女はひとまわり年下だった。交際開始から半年が経ち、健司は結婚を意識しはじめていた。おそらく、彼女も同じことを考えていたと思う。ところが、具体的な話に入ると意見の相違が出てきた。

年齢差があったことや、互いの仕事のこともある。彼女は専業主婦になることを望んでおらず、仕事をつづけたいという。

それでも、若いときなら勢いで結婚したかもしれない。だが、この年齢になると、いろいろ考えてしまう。ただ好きなだけでは押しきることができず、彼女は健司の前から去ってしまった。

「おまえ、無理してるんじゃないのか」

高山がまじめな顔で口を挟んだ。

「悲しんでいる暇なんてないよ。仕事が山積みで、なにかと忙しいんだ」

強がってみせるが、虚しさが胸にひろがっていく。

中年男が失恋で落ちこむなど、みっともない。そう思うが、真剣だっただけに応えている。年を重ねるほどにチャンスが減っているのは事実だ。今回こそはと期待していたので、なおさら落胆は大きかった。

「そうか……」

高山がつぶやき、大塚も黙ってうなずいた。ふたりはそれ以上、いっさい詮索しなかった。

「ところで、今度の夏休み、どうするんだよ」

「去年は京都に行ったから――」

ふたりは夏休みの家族旅行のことを話しはじめる。

すぐ話題を変える彼らを見ていると、却って気を使わせてしまったと思う。今夜の飲み会は、健司を励ますためだとわかっていた。気持ちはありがたい。しかし、胸のもやもやが晴れることはなかった。

（俺は、なんのために……）

思わず奥歯をギリッと嚙んだ。

これまで、仕事をがんばってきた理由がわからなくなる。

私生活を犠牲にしてまで昇進することに、なんの意味があるのだろうか。若くして部長になった自分より、家族を大切にしている同期のふたりのほうが眩しく感じた。

（どうして、うまくいかなかったのかな）

別れた彼女のことを考える。

ところが、すぐに顔が思い浮かばなかった。別れてから、まだ二週間しか経っていない。それなのに、彼女の顔を忘れかけていた。

（本気で好きだったのか……）

今さらながら、自分の気持ちに自信が持てなくなっていた。

結婚まで意識したのだから、もちろん真剣な交際だった。しかし、今は自分の気持ちが嘘っぽく感じてしまう。

ひとりが淋しくなっただけかもしれない。

彼女とつき合う前から、仕事を終えて明かりの消えているマンションに帰るたび、なんともいえない虚しさを覚えるようになっていた。以前はひとりが気楽でいいと思っていたが、最近は年のせいか心境に変化が生じていた。

（きっと、見透かされていたんだな……）

申しわけないことをしたと思う。

きっと彼女は心から愛されていないと感じたのだろう。健司の情熱を感じられたら、考え直してくれたかもしれない。

（それなのに、俺は……）

去っていく彼女を黙って見送るだけだった。

もう若いころのように、熱烈な恋愛はできないのかもしれない。

出世することしか頭になかった。それでも、交際した女性は何人かいたが、今にして思うと心から向き合っていなかった気がする。いつから、そんな恋愛をするようになってしまったのだろうか。

（俺が本気になったのは……）

ふと、ある女性の顔が脳裏に浮かんだ。

先日まで交際していた彼女の顔は忘れかけていたのに、あの人の顔はすぐに思い出すことができた。

とはいっても、ふだんから意識していたわけではない。ほかの女性とつき合って、あの人と比べたこともなかった。

出会ったのは遠い昔のことだ。とても大切な思い出で、誰かに話したこともない。記憶の片隅にそっと置いていた。

今ごろ、あの人はどうしているのだろうか。

記憶は学生時代まで遡る。あれは今から二十四年前、健司はまだ二十歳になったばかりだった。

2

大学二年の夏休み——。

八月のよく晴れた朝、健司は小樽港に立っていた。

(ついに来たんだ……)

胸が高鳴り、叫びたい気分だ。

バイクで北海道をツーリングするという夢が、ついに叶った。この日のために、ずっとアルバイトをがんばってきた。まだ北海道に到着しただけだが、最高潮に興奮していた。

子供のころからバイクが好きだった。自分でも理由はわからないが、颯爽と駆け抜けるのを見かけるたびに心が躍った。

大学生になり、すぐ教習所に通って念願の大型自動二輪免許を取った。それからはアルバイト三昧だ。コンビニと居酒屋を掛け持ちして頭金を貯めると、ようやく中古のバイクをローンで購入した。

ＣＢ１０００　ＳＵＰＥＲ　ＦＯＵＲ。赤と白のツートンカラーと圧倒的な存在感を誇る大きな車体が特徴的だ。高校生のとき、街で走っているのを見て、ひと目惚れした。いつか絶対、これに乗ると心に決めていた。

そして、バイク雑誌を読みあさっているうちに、北海道ツーリングを夢見るようになった。

北海道の道路はバイクに向いているという。直線道路が最高に気持ちいいという記事をよく目にして、実際に走ってみたいと思うようになった。バイクでひとり旅をする自分の姿を思い浮かべて胸が高鳴った。

テントや寝袋などのキャンプ用品も購入して、入念に準備を進めた。

バイクに乗っている友人はいたが、端から誘うつもりはなかった。健司が思い描いていたのは、あくまでもソロツーリングだ。

もともと人づき合いが苦手で、ひとりが気楽だった。そんな気質もバイクに合っていたのかもしれない。とにかく、バイクで遠くまで行ってみたい。知らない土地を走ってみたいという気持ちが強かった。

そして、ついにその日がやってきた。

東京のアパートを出発すると、関越自動車道を夜通し走り、新潟港からフェリーに乗った。そして、小樽港に上陸した。

（東京とは違うな……）

澄みわたった空を見あげて、思わず心のなかでつぶやいた。

まるで健司を歓迎しているかのように、雲ひとつない晴天だ。空気がきれいなせいなのか、それとも感激しているせいなのか、東京で見る空よりもずっと青く感じた。

北海道ツーリングどころか、ひとり旅も今回がはじめてだ。

不安がまったくないと言えば嘘になる。それでも、ワクワクする気持ちのほうが大きかった。

泊まる場所も走るルートもあえて決めない。自由気ままに放浪する旅だ。地図を眺めて、気が向いたところに向かう。そんな行き当たりばったりのツーリングが、広大な北の大地には合っている気がした。

まずは小樽から札幌に向けて出発した。

一時間ほどで札幌（さっぽろ）に到着したが、味噌（みそ）ラーメンを食べただけで、またすぐに走り出した。観光地は混んでいるのでほとんど寄らない。それより、とにかくバイクで走りたかった。

噂に聞いていたとおり、北海道の道は最高だ。郊外に出れば直線が多くて空いている。そのうえ信号も少ないので、気持ちよく走れる。東京に比べたら気温も低いため、とにかく過ごしやすかった。

日程は決めておらず、所持金が底を突いたら帰る予定だ。アルバイトで貯めたので、一週間以上は滞在できると思う。

帰りのフェリー代は封筒に入れて別に確保してあるので、財布のなかの金はすべて使っても大丈夫だ。こんな旅ができるのも大学生の間だけだなので、存分に楽しむつもりだ。

初日は富良野のキャンプ場に泊まることにした。

ガソリン代は削れないが、宿泊費と食費はできるだけ抑えたい。ホテルは使わず、キャンプ場でテントを張った。

今夜の飯はインスタントラーメンだ。バーナーを持参したので、水さえ確保できれば湯を沸かせる。星空の下で食べると、いつものインスタントラーメンがうまく感じるから不思議なものだ。食後のコーヒーも格別だった。

寝袋で寝るのも新鮮だ。疲れているので、ぐっすり寝ることができた。

二日目の朝、モーニングコーヒーを飲みながら地図をひろげた。こうしてぼんやり眺めて行き先を決めるのも楽しいものだ。思いつきで摩周湖に向かうことにした。

街を抜けると、広大な牧草地がひろがった。

東京では決して見ることのない景色に感激して、思わずヘルメットのなかで叫ぶほどテンションがあがった。

二日目の夜は、摩周湖の近くにあるライダーハウスに泊まることにした。

数百円で泊まれるライダーハウスは、じつにありがたい。寝袋を持参しているのが前提で、大広間で雑魚寝するシステムだ。旅行者たちと情報交換したり雑談したりできるのも貴重だ。

ライダーハウスに泊まっているのは、健司と同じ大学生から、父親より上の年代までさまざまだ。ふだんは言葉を交わさない苦手なタイプとも、旅先では交流を持てるからおもしろい。

三日目は襟裳岬に向かった。

駐車場は空いている。少し離れたところに赤い軽自動車が一台停まっているだけだ。バイクを降りて、岬の突端に向かう細い歩道を歩いていく。日が傾きかけているせいか、健司のほかには誰もいなかった。

岬の展望スポットをひとりじめだ。

強い風が吹きつけるなか、太平洋を眺める。運がよければアザラシを見ることができるらしい。ライダーハウスで得た情報だが、残念ながら見つけることはできなかった。

（さとて、今日はどこに泊まろうかな）

波が打ち寄せる海を眺めながら、ぼんやり考える。

遠くの空が茜色に染まり、それが海に反射していた。キラキラ光るのがきれいで、つい時間を忘れて眺めてしまう。

（あっ、やばい、日が落ちる前に決めないと）

はっと我に返り、慌てて駐車場に戻った。

節約することを考えたら、やはりキャンプ場がいいだろう。しかし、完全に暗くなってしまうと、テントの設営が大変だ。

それなら、ライダーハウスはどうだろうか。しかし、ライダーハウスは普通の地図には記載されていない。摩周湖のときは偶然見つけて泊まったが、今のところこの周辺では見かけていなかった。

民宿ならいくつかありそうだが。ある程度は金がかかってしまう。安く泊まるなら、ユースホステルという手もある。

（やっぱり、急いでテントを張ったほうが……）

そんなことを考えながら、所持金を確認しようとジーンズの右うしろのポケットに手をまわす。

（あれ？）

いやな予感が全身を駆けめぐる。

そこにあるはずの財布がない。左うしろのポケットも確認するが、やはり入っていなかった。

（ちょっと待てよ）

慌てて前の左右のポケットも探るが、そんなところに入れるはずがない。ウインドブレーカーもチェックするが、結果は同じだった。

「ウソだろ……」

思わず声に出してつぶやいた。

財布を落としたのは間違いない。フェリー代は別にあるが、残りの金がすべて入っていた。あれがなければツーリングをつづけることはできない。それどころか、ガソリンを入れることもできないのだ。

（まずい……まずいぞ）

焦りがこみあげて、必死に考える。

どこで落としたのだろうか。まったく見当がつかない。とにかく、岬の突端まで戻ることにする。足もとを慎重に確認しながら歩いていく。

（頼む、見つかってくれ）

心のなかで懸命に祈った。

しかし、見つからない。駐車場に引き返すときも捜したが、やはり落ちていなかった。

ここにないということは、襟裳岬に来る前に落としたのだろうか。

はやる気持ちを抑えて記憶をたどる。最後に財布を使ったのは、いつだっただろうか。昼、食堂に立ち寄って定食を食べた。そのあとはガソリンを入れて、国道ぞいにあった自動販売機でお茶を買った。

（あのときか……）

確信はないが、あそこで落とした可能性が高い気がする。

あれ以降、財布に触っていない。ふたつ折にするタイプで、ジーンズのうしろポケットにすっぽり収まるサイズだ。しまったつもりが、きちんと入っていなかかったのだろうか。

（捜しに戻るか……）

あの自動販売機はかなり遠くだ。

おそらく、百キロ以上は戻ることになる。そこで落としたとしても、誰かに拾われてしまった可能性もある。親切な人ばかりではない。すでに何時間も経っているうえ、今から戻るとさらに時間がかかる。

ガソリンを消費することを考えると、非常に危険な賭けだ。そこに必ず財布があるとは限らない。もし見つからなければガソリンを入れられないので、港に行けなくなる。

そもそも財布は走行中にポケットから落ちたかもしれないのだ。そうだとしたら、自力で発見するのはまず不可能だ。警察に遺失届を出すつもりだが、そう簡単には見つからないだろう。

「クソッ……」

思わず吐き捨てる。

北海道に来て、まだ三日目だ。こちらに知り合いはひとりもいない。頼る人がいない状況で困りはてていた。

残念だがツーリングを中断するしかない。幸いフェリー代だけは別に取ってある。苫小牧港から大洗行きのフェリーに乗るしかないだろう。向こうに着けば知り合いがいるのでなんとかなる。

（ガソリン、苫小牧まで持つかな……）

不安が胸にひろがっている。

どこかに泊まる金はない。今からテントを張る気力もなかった。バイクの横に立ったまま、思わずがっくりとうなだれた。

「なにかお困りですか」

ふいに背後から声が聞こえてドキリとする。

振り返ると、そこにはひとりの女性が立っていた。白いノースリーブのブラウスに水色のフレアスカートを穿いている。年齢は健司より少し上だろうか。やさしげな顔立ちで、瞳が夕日を受けてキラキラ輝いている。

「えっ……」

健司は困惑して口ごもった。

いきなり話しかけられたことにも驚いたが、それ以上に彼女の神々しさに圧倒された。思わずあとずさりして、尻がバイクのシートにぶつかる。財布を落としたことすら忘れて、呆然と見惚れていた。

「突然、ごめんなさい。なにかお困りのように見えたから」

涼やかな声が鼓膜を心地よく振動させる。

彼女は風になびくストレートロングの黒髪を片手で押さえながら、心配そうに健司の顔を見つめていた。

そのとき、甘いシャンプーの香りが鼻腔に流れこんだ。無意識のうちに大きく吸いこみ、肺をいっぱいに満たしていく。それだけで、うっとりした心地になっていた。

（なんていい匂いなんだ……）

思考が停止して、ぼんやりしてしまう。なにか声をかけられた気がしたが、どうでもよくなっていた。

「ちょうど車から見えたものだから、気になってしまって」

彼女はそう言って、赤い軽自動車を振り返る。

「お買い物の帰りによくここに寄るの。岬から海をぼんやり眺めるのが好きなんです」

「そ、そうなんですか」

健司はようやく口を開いた。

どうやら、彼女は地元の人らしい。そろそろ帰ろうとしたとき、車のなかから健司を見かけたという。

「なにかを捜しているようだったから。落とし物ですか」

「じつは財布を……」

答えながら、自分の置かれている状況を思い出す。

財布をなくして困りはてているところだった。それにもかかわらず、彼女の美しさの虜になっていた。

「それはお困りですね。いっしょに捜しましょう」

彼女の言葉が心に染みわたる。やさしさがうれしくて、落ちこんでいた気持ちが少しだけ救われた。

「ありがとうございます。でも、このあたりにはないみたいです」

「どこで落としたのか、心当たりはありますか」

「それが、はっきりとは……」

ここから百キロ以上離れた自動販売機の前が怪しい。だが、可能性が高いというだけで、はっきりしたことはわからない。そのことを話すと、彼女は真剣な表情で小さくうなずいた。

「襟裳岬には、ご旅行ですか」

バイクのタンデムシートには、大きなバッグがくくりつけてある。彼女はそれを見て、旅行者だと思ったのだろう。

「東京からツーリングで……」

「おひとりですか」

「はい……」

健司がつぶやくと、彼女は気の毒そうな顔になった。

「それでお財布を落としたのなら心細いですよね。お金は全部お財布に？」

「帰りのフェリー代だけは別にしてあったのですが、それ以外は全部……」

言葉にすることで、あらためて自分の置かれている状況を把握する。念願だったツーリングを中断するという現実を突きつけられた気がした。

「ありがとうございます。俺、行きます」

礼を言うと、ヘルメットを手に取った。

「どうされるのですか？」

「苫小牧に向かいます」

「今からですか。百五十キロ以上はありますよ」

彼女が驚いた声をあげる。

しかし、ツーリングを中断すると決めた以上、テントを張って休む気にはなれなかった。

「仕方ないです」

なかば捨て鉢な気持ちになっていた。

懸命にアルバイトをして貯めた金をすべて落としてしまったのだ。落胆だけではなく、自分自身への腹立たしさも加わっていた。

「もう日が暮れます。危ないですよ」

「のんびり行くから大丈夫です」

健司はヘルメットをかぶると、バイクにまたがった。

「よろしければ、今夜はうちに泊まっていきませんか」

彼女がさらりと口にする。

健司はエンジンをかけようとして、右手の親指をセルスイッチにかけた状態で固まった。

一瞬、聞き間違いかと思ったが、彼女は返事を待って見つめている。出会ったばかりで、どこの誰かも知らないのに、泊まらせてくれるらしい。いったい、どこまで親切なのだろうか。

「で、でも……」

彼女の言葉はうれしいが、即座に返事をすることはできない。やさしさに甘えていいのか迷いがあった。

（さすがに、ひとり暮らしじゃないよな……）

若い女性が初対面の男を自宅に招くとは思えない。家族と同居だから、困っている人を助ける気になったのではないか。

「部屋なら空いてるから、遠慮しないでください。もちろん、お代はいただきませんから」

そう言われて、健司は思わず首をかしげた。

（お代って……）

ホテルか旅館で働いているのだろうか。そんな健司の疑問に答えるように、彼女が再び口を開いた。

「両親が民宿を経営しているんです。今夜はうちに泊まって、明日、苫小牧に向かえばいいじゃないですか」

「な、なるほど……」

納得したふりをしながら、ヘルメットのなかで小さく息を吐き出す。

ほっとしたような、それでいながら、がっかりしたような気分だ。てっきり彼女の自宅に招かれたのだと思った。万が一、彼女がひとり暮らしだったら、などと妄想がひろがっていた。

（バカだな、俺……そんなわけないだろ）

心のなかで自分に突っこみを入れる。

じつは、健司は童貞だ。女性と話すのも苦手で、大学でもバイト先でも女友達はいなかった。そんな状態なので、今、こうして話しているだけでも必要以上に緊張してしまう。彼女ほどきれいな女性なら、なおさらだった。

「小さな民宿ですけど、温泉もありますよ」

「じゃ、じゃあ、お言葉に甘えて……でも、お代はいつか必ず払います」

せっかく声をかけてくれたので、泊まらせてもらうことにする。

今日も長距離を走り、全身に疲労が蓄積していた。これから苫小牧まで行くのは、確かに無謀だと思った。

「気にしないでください。わたしは――」

彼女が自己紹介してくれる。

佐倉真里、二十二歳。両親が経営している『民宿はまなす』を手伝っているという。ツーリングの客も多いが、たまたま今日は空いているらしい。

「お、俺は——」

健司も慌てて名乗った。

東京の大学生で、北海道をツーリングするため、アルバイトをして金を貯めたことも話した。

「健司くんね。よろしく」

真里がにっこり笑いかけてくれる。たったそれだけで、胸が締めつけられるような気持ちになった。

(真里さん……)

心のなかで名前を呼ぶと、顔がカッと熱くなる。

赤面しているのは間違いない。ヘルメットをかぶっていてよかったと、心の底から思った。

「それでは行きましょう。わたしのうしろをついてきてね」

真里が自分の車に戻って走り出す。

健司はそのあとをバイクでついていく。海沿いの道から内陸に入り、緩やかな坂道を登ると五分ほどで到着した。

白壁に三角屋根が愛らしい小さな民宿だ。

周囲にはほかの建物がなく、背後は山で前方が海という自然を満喫できる最高の立地だ。真里の両親も穏やかな性格で、事情を話すと健司をにこやかに受け入れてくれた。

民宿はまなすは、両親と真里の三人で切り盛りしているという。

真里が独身だとわかり、ますます気になってしまう。親子そろって、いかにも人がよさそうだ。健司は金がないというのに、普通の宿泊客が食べるであろう豪勢な晩ご飯まで用意してくれた。新鮮な刺身や毛ガニもあり、申しわけないと思いつつ、ありがたくいただいた。

泊まらせてもらったのは二階にある客室だ。

小型テレビが置いてあるだけのシンプルな十畳の和室で、古さは否めないが掃除は行き届いている。

窓を開けると、波の打ち寄せる音が微(かす)かに聞こえた。潮の香りがする風が緩やかに吹きこむのも心地いい。すでに布団が敷いてあったので横たわると、旅の疲れもあって自然と眠りに落ちていた。

3

(寒っ……)

はっと目が覚めると、掛け布団の上で大の字になっていた。

蛍光灯はつけっぱなしで、窓も開けたままだ。ちょっと横になっただけなのに眠ってしまったらしい。北海道の夏は夜になると気温がぐんとさがる。冷たい潮風に当たって、体がすっかり冷えていた。

時間を確認すると、すでに深夜零時をすぎている。

共同の風呂があるから入るように言われていたのに、寝落ちしてしまった。体が冷えてしまったので、温まったほうがいいだろう。

浴室は狭いが温泉だと言っていた。ほかの客がいるときは時間を決めて順番に入るらしいが、今日は健司しか泊まっていない。遅くなってしまったが、とくに問題はないだろう。

下着とタオルを持って部屋を出る。

　一階には真里たち家族の住居もあると聞いている。すでに寝ているかもしれないので、足音を立てないように気をつけて歩く。一階に降りると、廊下の突き当たりにある浴室に向かった。

（あれ……）

　薄暗い脱衣所に足を踏み入れたとたん、健司は動きをとめた。

　すぐ横に曇りガラスがはめこまれた引き戸があり、そこから明かりが漏れている。おそらく、そこは浴室だ。どうやら、先客がいるらしい。宿泊客は健司だけなので、真里たち家族の誰かということになる。

　住居と客室がひとつの建物なので、風呂場は家族も共同なのかもしれない。それとも、掃除のついでに風呂を使っているのだろうか。いずれにせよ、三人のうちの誰かが入っているのは間違いない。

（まずいな……）

　知らなかったとはいえ、気まずかった。

　幸い脱衣所は明かりがついていないので、浴室からこちらの様子は見えにくいはずだ。今のうちにそっと戻れば、気づかれないだろう。

　息を殺してあとずさりしようとしたとき、目の前の棚に置いてある籐（とう）の籠が目に入った。バスタオルの下から水色の布地がのぞいている。それは真里が穿いていたフレアスカートではないか。

(ということは……)

思わず曇りガラスに視線を向ける。

白っぽい人影がぼんやり見えた。風呂椅子に座り、こちらに背中を向けているようだ。桶で湯を肩にかけたのか、ザーッという音が聞こえた。

(きっと、真里さんだ)

そう思ったとたん、人影が急に生々しく感じた。

目を凝らすと、女体のなめらかな曲線がうっすら確認できる。曇りガラスごしでも、艶やかな肌の質感がわかった。風呂椅子に乗っている尻のまるみを、ついつい凝視してしまう。

(ま、真里さんの尻……)

急激に胸の鼓動が速くなる。ドクドクと拍動する音が、自分の耳にもはっきり聞こえた。

しかし、曇りガラスごしではもどかしい。ナマで見てみたいという欲望が湧きあがる。

（ダ、ダメに決まってるだろ）

慌てて心のなかで自分を叱責する。

真里は見ず知らずの健司を助けてくれた恩人だ。それなのに邪な気持ちを抱くなどあり得ない。卑猥なことを考えるだけでも失礼だ。しかし、引き戸の向こうに裸の真里がいると思うだけで心がざわついた。

（も、戻らないと……）

理性の力を総動員して、惹かれる気持ちを抑えこむ。そして、部屋に引き返そうと、ゆっくりあとずさりをはじめた。

「あンっ……」

そのとき、浴室から小さな声が聞こえた。

真里の声に間違いない。足でも滑らせたのだろうか。しかし、それにしては妙に艶めかしい声だった。

（なんだ今のは……）

つい足をとめて、聞き耳を立ててしまう。

すぐに立ち去るべきだが、どうしてもできない。そこに真里の声を聞いたことで、なおさら興味が湧いていた。

「あっ……ンンっ」

またしても声が聞こえた。

懸命に抑えているが、思わず漏れてしまったという感じの声だ。色っぽい響きを耳にして、胸の鼓動が一気に速くなっていく。いったい、なにをしているのだろうか。

健司は立ち去るどころか、引き戸にそっと歩み寄っていた。

清楚な雰囲気の真里が、艶めかしい声を漏らしている。身体を洗っているだけで、あんな声は出ないはずだ。なにをしているのか知りたいが、曇りガラスごしではわからない。

（お、俺は、なにを……）

いけないと思いつつ、吸い寄せられてしまう。

震える指先を引き戸にかけて、ほんの数ミリだけスライドさせる。そして、顔を近づけると、片目を隙間に押し当てた。

家庭用の浴室とさほど変わらない広さだが、木製で温かい感じがする。奥に浴槽があり、温泉の香りが漂っていた。

そして、浴槽の前に置かれた木製の風呂椅子に女性が座っている。

こちらに背中を向けており顔は見えないが、ひと目で真里だとわかった。黒髪を後頭部で結いあげているため、白いうなじが剝き出しになっている。後れ毛が数本、垂れかかっているのが色っぽい。

（ま、真里さん……）

健司は心のなかで名前を呼び、思わず生唾を飲みこんだ。

湯で濡れた艶やかな肩、背骨のラインがうっすら浮き出た背中、細く締まった腰の曲線に視線を這わせていく。肉づきのいい尻が、風呂椅子の上でやわらかそうにプニュッとひしゃげている。尻の割れ目がわずかにのぞいており、何度も生唾を飲みこんだ。

「ンっ……ンンっ」

真里が小さな声を漏らして、なめらかな背中を震わせた。

少し前屈みで、下を向いているのがわかる。身体を洗っているのだろうか。それにしては様子がおかしかった。

（なにをしてるんだ……）

健司はますます引き寄せられてしまう。

なにやら妖しげな感じがして、目をそらすことができない。のぞきという最低の行為をしているのはわかっている。頭ではやめなければと思っているが、真里の魅力には抗(あらが)えなかった。

女体をナマで見ているだけでも、童貞の健司には刺激が強い。それなのに、彼女はなにやら淫らな声を漏らしているのだ。

「ああっ……」

ひときわ大きな声をあげて、真里が身体をブルルッと震わせる。

風呂椅子の上で裸体をよじり、浴槽に右肩を預ける格好で寄りかかった。その結果、身体が横を向いて、健司の位置から彼女の整った横顔と、たっぷりした乳房がまる見えになった。

（おっ、おおっ……）

思わず声が漏れそうになり、懸命に呑(の)みこんだ。

釣鐘形の大きな乳房が揺れている。雪のように白い肌で、魅惑的な曲線の頂点にはピンク色の乳首がちょこんと乗っていた。

「はぁっ……」

真里がため息にも似た声を漏らす。

睫毛(まつげ)をそっと伏せて、唇は半開きになっている。目の下がほんのり赤く染まっているのが色っぽい。あの真里がこんな艶めかしい表情をするとは驚きだ。もう目を離すことなどできなかった。

風呂椅子に座って膝を立てているため、股間はよく見えない。それでも黒々とした陰毛が湯に濡れて、白い恥丘に貼りついているのはわかった。

真里はそこに右手の指を這わせている。指先が内腿の間に滑りこんでおり、なにやら小刻みに動かしていた。はっきり見えないが、おそらく女性器をいじっているのではないか。

しかも、左手を右の乳房にあてがって、ゆったり揉みあげている。指の股に乳首を挟んで、意識的に刺激していた。

（こ、これって……）

まさかと思うが、自慰行為にしか見えない。

股間を洗っているだけではないだろう。ずっと同じ場所ばかりいじっているのだ。おそらく、指先で陰唇やクリトリスを愛撫しているのではないか。もしかしたら、膣に指を挿れているかもしれない。

「あンっ……ンンっ」

真里の顎が跳ねあがる。

半開きになった唇から甘い声を漏らしていた。眉がせつなげな八の字に歪み、ますます色っぽい表情になっていく。

彼女が股間で指を動かすたび、クチュッ、ニチュッという湿った音が響きわたる。もしかしたら、股間が愛蜜で濡れているのではないか。よほど感じているのか、湿った音は時間とともに大きくなっていた。

「あっ……あっ……」

真里の唇から切れぎれの喘ぎ声が溢れ出す。

もはやオナニーであるのは間違いない。右手で股間をいじり、左手で乳房を揉みあげる。両足がつま先立ちになっており、膝が小刻みに震えていた。

(す、すごい……)

健司は夢中になって浴室をのぞきつづける。

無意識のうちに右手が股間に伸びて、ジーンズの上からペニスを握りしめていた。すでにバットのように硬くなっており、尿道口から大量の我慢汁が溢れている。ボクサーブリーフの裏地と擦れて、ヌルヌル滑っていた。

「くううッ……」

思いきりしごきたくてたまらない。

真里のオナニーを目にして、かつてないほど興奮している。なにしろ、女性の裸をナマで見るのは、これがはじめてだ。この状況で我慢できるはずがない。異常なほど昂り、ついにベルトをはずしてファスナーをおろした。

ボクサーブリーフをおろせば、そそり勃ったペニスがブルンッと鎌首を振って飛び出す。すかさず太幹を握りしめて、シコシコと擦りはじめた。

「あンっ……ああンっ」

浴室では真里も気持ちよさそうに喘いでいる。

愛撫はどんどん激しさを増していた。しきりに右手の指を動かして、湿った音が大きくなる。左手では乳首をキュッと摘まみあげては、硬くなったところをクニクニと転がした。

「はあンっ……も、もうっ」

腰が右に左にくねりはじめて、喘ぎ声が切羽つまったものに変化する。

もしかしたら、絶頂が迫っているのかもしれない。女性経験はなくても、彼女の悶える姿から想像がつく。裸体をよじって喘ぐ姿が、牡の欲望を猛烈に煽り立てた。

（お、俺も……）

健司はペニスをしごくスピードを一気にあげる。

引き戸の隙間に額を押し当てて、真里のオナニーをのぞきながら、健司も自慰行為に没頭していく。いけないことをしている意識はあるが、だからこそ興奮は大きくなる。亀頭の先端から我慢汁が大量に溢れて、透明な糸をツッーッと引きながら滴り落ちた。

「あああっ」

真里が喘ぎながら体勢を変える。

風呂椅子の上で身体を回転させて、背中を浴槽にあずける格好だ。完全に寄りかかった状態で、健司に身体の正面を向けている。しかも、膝を左右に大きく開いて、股間が剥き出しになった。

（あ、あれが、真里さんの……）

健司は眼球がこぼれ落ちそうなほど両目を見開いた。

白くて柔らかそうな内腿の中心部に、赤々とした陰唇が見えている。とろみのある透明な液体でグッショリ濡れており、割れ目の上端には小豆大のぷっくりした突起が存在感を示していた。

（す、すごい……すごいぞ）

おそらく、あれがクリトリスだ。

刺激を受けたせいなのか、赤く肥大しておりプルプル揺れている。ほっそりした指先で愛蜜をすくいあげては、肉芽に何度も塗りつけて転がす。円を描くように動かせば、内腿に小刻みな震えが走り抜けた。

「はンンっ……い、いいっ」

顎を跳ねあげて、睫毛をうっとり伏せている。

双つの乳首は硬くとがり勃ち、今にも昇りつめそうな雰囲気だ。陰唇の合わせ目から透明な汁がジクジク溢れつづけて、股間はお漏らししたような状態になっていた。

真里は右手の中指を割れ目にあてがうと、何度もゆったり擦りあげる。そして、指先を膣口にツプッと埋めこんだ。

「ああッ、あああッ」

女体が仰け反り、喘ぎ声が大きくなる。

自分の声に焦ったのか、慌てた感じで下唇を噛みしめる。しかし、指を膣から抜くことはなく、そのままクチュクチュと動かしてかきまわす。全身に震えが走り、瞬く間に高まっていくのが手に取るようにわかった。

「はああッ、も、もうっ、あンンンンンッ！」

真里の身体が大きく反り返る。浴槽に寄りかかった状態で天井を向き、大股を開いたまま硬直した。一拍置いて、全身がガクガクと激しく痙攣（けいれん）する。それと同時に、股間から透明な汁がプシャアアッと飛び散った。

真里がアクメに達したのは明らかだ。ＡＶとは比べものにならない興奮と感動が押し寄せる。女性の本物の絶頂が、これほど激しくて艶めかしいものとは思わなかった。

「くううッ！」

健司も懸命に声を押し殺しながら精液を噴きあげる。

引き戸の隙間に顔を押しつけたまま、思いきり絶頂に達していた。ペニスの先端から噴出した白濁液が、引き戸と壁を直撃する。かつて経験したことのない興奮で、頭のなかが燃えるように熱くなっていた。

4

「オカちゃんはどうするんだよ」

大塚の声が聞こえて、はっと我に返る。

「ごめん。聞いてなかった」

健司はぽつりとつぶやいた。

つい物思いに耽(ふけ)ってしまった。あんな昔の記憶がリアルによみがえるとは、自覚している以上に失恋のショックが大きいのだろうか。

「夏休みの話だよ。今年はどうするんだい」

「ああ、夏休みか……まだ決めてないな」

「まさか、また休み返上で働くつもりじゃないだろうな」

大塚にそう言われて思い出す。

昨年は暇を持てあまして、結局、いつもどおり出勤した。家でのんびりするつもりだったが、どうにも落ち着かない。独身で趣味もないと、休みをもらってもすることがなかった。

「今の時代、休日出勤なんてしてもいいことないぞ。おまえだって、上から言われてるんだろ」

「まあな……」

健司は小さく息を吐き出した。

確かに休日出勤が美徳だった時代は終わっている。今は定時にきっちり仕事を終えることが求められていた。

「なにボーッとしてんだよ。仕事のしすぎなんじゃないか」

高山が横から口を挟んだ。

相変わらず口が悪い。それでも、心配してくれているのがわかるから、友というのはありがたいと思う。

「かもな……夏休みはゆっくりするよ」

グラスに残っていたウイスキーをグイッと呷った。

「マスター、おかわり」

声をかけると、マスターは無言でうなずいた。

新しいグラスを用意して、ウイスキーのロックを作るマスターの手もとを見つめながら、またしてもあの人のことを考える。

(真里さん、どうしてるのかな……)

ふたつ年上だから、今は四十六歳になったはずだ。

あれほど美しい人だったのだから、さらに魅力的な女性になっているのではないか。

財布を落として困っていた健司を助けてくれた。

民宿に泊まらせてくれただけではなく、食事をごちそうになった。真里のやさしさが身に染みて、まるで天使のように見えた。

しかも、翌日の帰りぎわ、ガソリンが足りなくなったら大変だと言って、五千円札を握らせてくれた。さすがに返そうとしたが、真里はやさしい笑みを浮かべて首を左右に振った。

――困ったときは、お互いさまでしょう。

あのときの顔は今でもはっきり覚えている。

真里はいつでも心の片隅にいた。ふだん、思い出すことはなかったが、完全に忘れ去っていたわけではない。今にして思うと、ほかの女性とつき合うたびに比べていたのかもしれない。

民宿に泊まらせてもらっただけでも感謝していた。そのうえ、現金まで受け取るわけにはいかなかった。

――絶対に返します。遅くなるかもしれないけど、絶対に返しますから。

健司は心に誓って必死に訴えた。

――ありがとう。気持ちだけでもうれしいわ。

真里はにっこり微笑んで握手をしてくれた。

(俺に礼なんて……)

あのとき、どうして真里は礼を言ったのだろうか。あのとき、しっかり感謝の気持ちを伝えることができただろうか。礼を言わなければいけないのは自分のほうだ。

——気をつけて。

真里が手を振ってくれる。

健司はバイクにまたがると、静かに走り出した。バックミラーを見やれば、真里の姿がどんどん小さくなっていく。熱いものがこみあげて、気づくと涙を流していた。

夢にまで見た北海道ツーリングが中途半端に終わることより、真里と別れることが淋しかった。

あのとき借りた金をいまだに返していない。

郵送や振込で返すこともできたが、それはしなかった。返すのを理由に、真里に会いに行くつもりだった。

しかし、学業が忙しくなり、アルバイトを減らすしかなかった。再び北海道に行く金を貯めることができないまま、就職活動をはじめる時期になった。さらに大学三年と四年のときに両親を病気で亡くしたこともあり、北海道ツーリングを実現させることはできなかった。

それでも、いつかはと思っていた。

しかし、就職すると仕事に追われる毎日で、なかなかまとまった時間が取れなかった。気づくと年月が経ち、だんだんと北海道への気持ちが薄れていた。あれほど好きだった真里のことも思い出す機会が減っていた。

（会いたい……）

今、切実に思う。

真里のことが大好きだった。時間が経って美化している部分もあるかもしれない。それでも、かつて片想いしていた女性に会いたかった。

マスターがグラスをそっと置く。

健司はロックアイスをカランッと鳴らして、ウイスキーを半分ほど一気に喉に流しこんだ。

「おい、大丈夫かよ」

高山が眉根を寄せる。

「やけになってるんじゃ――」

「北海道に行こうかな」

健司は高山の声を遮ってつぶやいた。

思いつきだが、口先だけで終わらせるつもりはない。言葉にしたことで、この夏、北海道ツーリングに行くと決意していた。

「バイクで行ってくるよ」

「へえ、バイクか……いいな」

大塚がうらやましそうな顔をする。

「そういえば、昔、乗ってたって言ってたよな」

高山も思い出してうなずいた。

学生時代にバイクに乗っていたことは、以前ふたりに話している。だが、健司自身、もう二度と乗ることはないと思っていた。

社会人になって責任ある立場になり、怪我でもしたら大変だ。仕事を休むわけにはいかない。そう思いつづけていたが、心のどこかで自分の代わりなどいくらでもいることはわかっていた。

この年になって、誰かに必要とされたいという欲求が大きくなっている。それは家族も恋人もいないせいなのかもしれない。

二十四年前の夏、北海道に忘れ物をしてきた。

中途半端に終わったツーリングを完遂させるつもりだ。

そして、憧れの人と再会することで、なにかを変えたかった。彼女は四十六歳になっている。すでに結婚している可能性は高い。それでも、ひと目だけでもいいから会いたかった。

第二章　札幌の熱い夜

1

次の日曜日、健司は静岡の実家に帰省した。

両親が亡くなり、現在は兄夫婦が住んでいる。ここ数年、健司は正月しか帰らないので、兄たちはずいぶん驚いていた。

「まさか小遣いをせびりに来たんじゃないだろうな」

からかいの言葉をかけながらも、兄はどこかうれしそうだ。

兄弟仲は悪くない。しかし、健司が実家に寄りつかないので、淋(さび)しく思っているのを知っている。だから、突然の帰省でもいやな顔はされなかった。

「どうせなら泊まっていけばいいだろう」

「明日は仕事だから」

健司は兄嫁に文句を言われる前に断った。

端から日帰りのつもりだ。兄嫁は悪い人ではないが、どうにも馬が合わなかった。帰省した目的は兄夫婦に会うことではなく、ガレージに置きっぱなしになっていたバイクだ。

大学を卒業するとき、売ることも考えた。だが、バイクに愛着があったし、再び北海道をツーリングするつもりでいた。あのころは、すぐにでも真里に会いたいと思っていた。

ところが、就職してから住むことになるマンションには、バイクを置くスペースがなかった。仕事に慣れるまではバイクに乗る時間もあまり取れないと思ったので、とりあえず実家のガレージに預けることにした。

いつか乗るつもりだったが、そのまま何年も経ってしまった。

ときどき兄嫁に、邪魔だからなんとかしてと言われていた。そのたびに暇ができたら乗ると答えていたが、やがてなにも言われなくなった。そして、気づくと二十四年の月日がすぎていた。

「やっと持っていってくれるのね。清々するわ」

兄嫁に嫌みを言われたが、そんなことはどうでもいい。北海道をツーリングすると決めてからの数日、愛車と再会するのが楽しみで仕方なかった。

ガレージに駐車してあった兄のクラウンを出して、奥で埃をかぶっていたバイクを引っ張り出す。

かつて北海道に乗っていった、CB1000　SUPER　FOURだ。久しぶりに見るが、やはり迫力の巨体だ。

(ほったらかしにして、悪かったな)

心のなかで語りかける。

つい愛車を擬人化してしまうのは、バイク乗りにはよくあることだろう。体が剝き出しで乗るバイクは、自動車よりもはるかに危険が大きい。命を預ける意識があるせいか、自動車とは異なる愛着があった。

埃まみれになるのもかまわず、またがってハンドルを握る。とたんに懐かしさがこみあげて胸が熱くなった。

(やっぱり、しっくりくるな……)

毎日こいつに乗っていた学生時代がよみがえる。

セルスイッチを押してみるが、当然ながらエンジンはかからない。こうなってくると、早くエンジン音が聞きたかった。

さっと見まわしたところ、大きく破損しているところはない。だが、ところどころ錆が浮いており、直すには時間と金がかかりそうだ。独り身なので金はつぎこめるが、夏休みまでに間に合うか気になった。

（ぶっつけ本番ってわけにもいかないからな）

北海道に行く前に、何度か乗っておきたい。

なにしろ、二十四年ぶりのバイクだ。運転の感覚を思い出して、体を慣らしておかなければならなかった。

自動車とは違って、バイクは全身を使う乗り物だ。ただ座って運転するのではなく、体でバランスを取る必要がある。長距離を走れば体力も使う。風を全身に受けるのも馬鹿にできない。スピードを出せば出すほど、風の影響が大きくなって疲労が蓄積する。

かつてバイクにはまっていたからこそ、舐めてかかることはない。

北海道ツーリングに備えて、筋トレを開始していた。朝晩にストレッチ、腕立て伏せ、腹筋、背筋、それにスクワットを自分に課している。日ごろ運動をまったくしていないので、今は筋肉痛がひどかった。

正直、体は相当きつい。それでも、仕事一辺倒だった生活に変化が生じて、毎日が充実している。

しばらくすると、軽トラックが走ってきてガレージの前で停まった。

水色のツナギを着た男が降りてくる。街はずれにあるバイク屋のおやじだ。個人経営の小さな店で、おやじは無愛想だが腕はいい。学生時代、実家にバイクで帰ったとき、ちょくちょく整備をしてもらった。

事前に連絡を入れて、バイクの整備を頼んでいた。車検が切れており、何年もエンジンをかけていないことも伝えておいた。

「ふん、こいつか……」

おやじは健司とは目を合わせることなく、バイクに歩み寄る。

最後に会ったのは二十年以上前だが、不思議と顔が変わっていない。昔も年寄りだと思っていたが、実際の年齢はいくつなのだろうか。

おやじのツナギは長年着ているらしく、ところどころほつれており、オイルの染みがたくさんついている。だが、そのオイル汚れが、整備士としての腕のよさを表している気がした。

「ＢＩＧ－１か……キャブ車は久しぶりだな」

おやじは独りごとをつぶやきながら、バイクを見まわしている。

ビッグワンとは、ＣＢ１０００　ＳＵＰＥＲ　ＦＯＵＲの愛称だ。最近は燃料噴射装置に電子制御のインジェクションを採用しているが、健司のバイクは旧式なのでキャブレターを使っていた。

「直りそうですか。夏にツーリングに行きたいんですけど」

機嫌を損ねないように、恐るおそる声をかける。

思い返せば、バイク屋のおやじというのは、どの店もこんな感じだった。頑固で無口な職人タイプというのだろうか。とっつきにくいが、そういう人のほうが信用できた。

「おまえさん、最近、顔を出さないじゃないか」

おやじは健司の顔をチラリと見ると、バイクのチェーンをいじりながらつぶやいた。

二十数年ぶりだというのに覚えていたらしい。それがうれしくて、健司は思わず笑みを漏らした。

「ごぶさたしてます。久しぶりに乗ろうと思って」

「どこまで行くんだ」

おやじはチェンジペダルをガシガシ動かしている。一瞬、独りごとかと思って、返事が遅れてしまう。

「はい?」

「ツーリングだよ」

「あっ、北海道です」

健司は慌てて答えるが、おやじは聞こえていなかったように黙っている。そして、無言のままバイクのチェックをつづけた。

「それなら、練習する時間がいるな」

思い出したようにつぶやくと、おやじは軽トラの荷台にラダーレールをふたつかける。そして、健司の手を借りることなく、ひとりでバイクを押して荷台に積みこんだ。

「早めにあげてやる。北海道に行く前に、しっかり練習しろよ」

おやじはそう言うと、軽トラに乗りこんで走り去った。

いつバイクが戻ってくるのかわからないが、おやじにまかせておけば大丈夫だろう。それくらいの信頼感があった。

（俺のほうが問題だな……）

筋トレを継続して、しっかり体力をつけておかなければならない。

これほどワクワクするのは久しぶりだ。また北海道を走ることを考えると、それだけで落ち着かなかった。

2

八月に入ってから、毎日、天気予報をチェックしていた。

すでに新潟港から小樽港に向かうフェリーを予約してある。台風などで欠航になるのを恐れていた。

なにしろ、二十四年ぶりの北海道ツーリングだ。

お盆休みに有給休暇を合わせて、一週間の休みを取った。こんなに長期の休みは、入社してからはじめてだ。バイクの整備もおやじが間に合わせてくれた。筋トレも継続して、体重が三キロ落ちて引きしまった。

そして、ついにツーリング出発当日を迎えた。

昨日は仕事を終えて帰宅してから、準備を整えて早めに横になった。体を休ませなければと思ったが、遠足前日の小学生のように期待と興奮でなかなか寝つけなかった。

それでも、いつの間にか眠りに落ちて、午前五時にセットしたアラームが鳴る前に目が覚めた。

カーテンごしに眩(まばゆ)い朝の光が射(さ)しこんでいる。

幸いなことに天気も大丈夫そうだ。東京も北海道も、しばらくは安定しているだろう。にわか雨や急な天候の変化は仕方ないが、台風などが直撃する心配はなさそうだ。

バイクはマンションの駐輪場に停めてある。本来は自転車しか停められない決まりだが、管理人に頼みこんで特別に許可をもらっていた。

顔を洗って、朝食にトーストとヨーグルトを食べる。

そして、さっそく出発準備に取りかかった。荷物はタンデムシートに積む防水のバッグと、バイクのタンクに磁石で取りつけるタンクバッグだ。大学生のときのようにテントや寝袋は持参しない。体の負担を考えてホテルに泊まるつもりなので、荷物はだいぶ少なくなった。

服装はジーンズに黒い革製のライディングブーツ、Tシャツの上に薄手の黒いブルゾンを羽織っている。バイク用のブルゾンなので背後に空気を抜くための穴があり、走行中の布地のバタつきを抑える構造だ。

バイク専用の装備は、見た目の格好よさだけではなく、快適に運転できる機能が備わっている。大学生のときは手が届かなかった物が買えるようになり、うれしさと同時に年を食ったことを実感した。

駐輪場に向かうと、まずは荷物をバイクにしっかりくくりつける。これで準備は万全だ。

すぐに出発したいところだが、ヘルメットをミラーにかけて、とりあえずバイクを幹線道路まで押していく。いつの時代もバイクのエンジン音は、騒音トラブルの原因になる。だから、なるべくマンションから離れたところでエンジンをかけるようにしていた。

とはいえ、ＣＢ１０００は乾燥重量で二百三十五キロだ。ラジエーター液やオイル、ガソリンなどを含めれば、二百六十キロ前後はあるだろう。それを押して歩くのは大変だ。

早朝の涼しい時間だが、全身の毛穴から汗がじんわり噴き出した。

いったんサイドスタンドを立ててバイクを停めると、額に滲んだ汗を手の甲で拭った。

二か月前の健司だったら、これだけで疲れていただろう。だが、筋トレの成果がしっかり出ており、まだまだ体力は残っている。いい具合に体が温まって目覚めた感じだ。

（よし……）

ヘルメットをかぶり、グローブをつける。

大学生のときと同じルートで北海道をまわるつもりだ。そうすることで、二十四年前は中途半端になってしまったツーリングを思い出して、今度こそしっかり終わらせたい。

まずは関越自動車道を走って新潟港へ向かう。今から出発すれば、正午発のフェリーに乗れるはずだ。そして、翌朝四時半には小樽港に到着する。明日の朝には、念願の北海道に上陸できるのだ。

（とにかく、安全運転だ）

心に言い聞かせてバイクにまたがる。

北海道に到着する前に事故を起こしてしまったら話にならない。もちろん、到着してからも注意するつもりだが、今は気持ちが昂（たかぶ）っているので、とくに注意が必要だ。

キーをまわして、親指でセルスイッチをそっと押す。セルモーターがキュルルッとまわり、直後にドンッという揺れとともに１０００ccのエンジンが目を覚ます。四気筒の細やかな振動が体に伝わり、大排気量らしくアイドリングでも低いエンジン音が早朝の街に響きわたった。

ゆっくりアクセルを開けて走り出す。もう何度も試し乗りしているが、いざ本番となると心が躍った。

交通量が少ないうちに関越自動車道に入るつもりだ。

距離は三百五十キロほどあるが、ほとんどが高速道路なので時間はそれほどかからない。まずは北海道に無事到着することだ。アクセルを思いきり開けたい気持ちを抑えて、新潟港のフェリーターミナルを目指した。

午前十一時すぎ、予定どおりフェリーターミナルに到着した。

窓口で乗船手続きをすませたら、あとはバイクを乗船待ちの駐車レーンに移動させる。そして、係員の誘導があるまで待機だ。

夏休みということもあり、健司以外にもバイクの客がいる。しかし、二十四年前と比べると、台数は明らかに少なかった。

若者の車離れが深刻らしいが、バイクの販売台数もずいぶん落ちこんでいると聞いている。収入や駐車スペースの問題もあるのかもしれない。しかし、かつてバイクに夢中だった健司としては、少し淋しい気がした。

やがて乗船がはじまる。

このフェリーの場合はトラックや自動車が先に乗り、バイクは最後という順番だ。船尾にあるランプウェイと呼ばれる斜路を登って、車両甲板に乗りこむ。すると、係員がタイダウンベルトを使ってバイクを固定してくれる。健司はそこから階段を登り、船室へと移動した。

船室はカプセルホテルのようにベッドだけのものから、個室でバスルームやテラスまでついたスイートまで数種類ある。

以前は雑魚寝のスペースがあって、そこがいちばん安かったのだが、このフェリーにはなかった。今回はしっかり休みたかったので、シャワールームつきの個室にした。

雑魚寝スペースとは違って、ビジネスホテルに近い感じで快適だ。なにより個室というのは安心感があり、ゆっくりできるのがありがたい。レストランで食事を取る以外は、ほとんど船室で過ごした。

船酔いをするほうなので、少し心配だった。学生のときは気分が悪くなり、つらかった思い出がある。念のため酔いどめの薬を持ってきたが、船酔いする前に寝てしまおうと早めに横になった。

アナウンスの声ではっと目が覚めた。

時刻を確認すると、午前四時半になっている。どうやら、小樽港に到着したらしい。出発の前日、興奮のあまりなかなか眠れなかったせいか、思いのほかぐっすり眠ってしまった。

（急がないと……）

慌てて着がえて荷物をまとめると、走って車両甲板に向かう。

危うく寝坊するところだった。乗船の順番はバイクが最後だったが、下船のときは出入口近くに停めたバイクが先に降りる。先頭のバイクがのろのろしていると、うしろがつかえてしまうのだ。

暖機運転をする時間もなく、係員に急かされてフェリーから降りる。そのまま走るのは不安なので、いったん駐車場にバイクを停めた。そして、暖機運転をしながら、荷物をもう一度、しっかりくりつけた。

(落とし物をすると大変だからな)

心のなかでつぶやき、思わず苦笑が漏れる。

前回の苦い失敗が教訓となっていた。間違ってもジーンズのポケットに財布をねじこむようなことはない。バイク用の頑丈なウエストバッグをつけており、そこに財布やスマホなどの貴重品を入れていた。

念のため、タンクバッグにも別の財布を忍ばせている。万が一、ひとつを紛失しても、どちらかが残っていればなんとかなるはずだ。

(さてと、そろそろ行くか)

準備が整ったのでバイクにまたがった。

二十四年前はまず札幌に寄り、味噌ラーメンを食べた。まっすぐ向かえば、午前六時前には札幌に着くのではないか。

(こんな時間にラーメン屋なんて開いてるのか……)

ふと疑問が湧きあがる。

今にして思うと、あの店は二十四時間営業だったのかもしれない。同じ店に行きたいが、たまたま見つけたところに入っただけなので、正確な場所も店名も覚えていなかった。

前回は、ラーメンを食べ終えるとすぐに出発した。だが、今回はそこまで急ぐつもりはない。久しぶりのひとり旅だ。のんびり観光をしながら、北海道ツーリングを楽しもうと思っている。

（天気もいいし、時計台でも行ってみるか……）

雲ひとつない青空を見あげると心が浮き立つ。はやる気持ちを抑えて、アクセルをそっと開けた。

とりあえず、札幌で腹ごしらえするつもりだ。あとのことは飯を食べながら考えればいい。ゆっくり走りはじめるが、その直後、思いのほか冷たい風が吹き抜けた。

（寒いな……）

涼しいというレベルではない。

さすがは北海道だ。日が高くなれば気温があがるはずだが、早朝は夏とは思えないほど寒かった。

こういうこともあると思って、トレーナーを持参している。体が冷える前に防寒対策をしたほうがいいだろう。すぐ近くに小樽運河があるので、そこでトレーナーを着ることにする。

フェリーターミナルを出発して五分ほどで、小樽運河に到着した。有名な観光地だが、さすがに早朝とあって人は少ない。運河にかかった橋の前でバイクを停めてエンジンを切る。ヘルメットとグローブを取ってバイクを降りると、ブルゾンの下にトレーナーを着こんだ。

これでも寒ければ、さらにバイク用のレインコートを着る方法もある。夏の北海道をバイクで走ると、東京では考えられないほど寒いことがあるので、しっかり対策を練っていた。荷物は最小限というツーリングの鉄則から考えても、レインコートを活用しない手はなかった。

（せっかくだから、ブラブラしていくか）

健司は橋の上から運河を眺めて、心のなかでつぶやいた。

観光地をまわるつもりで、事前にいろいろ調べてある。小樽運河は大正十二年に完成した水路だという。運河ぞいに散策路があり、その対岸には石造りの古い倉庫が建ち並んでいる。

健司はタンクバッグを手にして、橋の袂（たもと）に設置された階段を使って散策路に降りた。石畳の上をのんびり歩きながら、対岸にある石造りの倉庫群を眺める。昔は物流の起点で、北海道の開拓を支えたらしい。

（へえ、やっぱり雰囲気があるな）

なんとなく、古い映画のなかに迷いこんだ気分だ。

夕方になるとガス燈が灯（とも）り、散策路は淡い飴（あめ）色の光で照らされる。レトロな雰囲気が人気で、デートスポットにもなっているという。

朝日を浴びた小樽運河も悪くない。人はほとんどいないし、空気がきれいで澄んでいる。昼間は混み合うらしいので、どこかノスタルジックな景色をゆっくり満喫できた。

（でも、ひとりで来るところじゃないな……）

ふと散策路の途中で立ちどまる。

女性と来れば、もっと楽しいに違いない。それが愛する人なら、きっといい思い出になるだろう。独身貴族なんて自慢にならない。この年になって独り身なのは淋しいだけだ。

カップルに人気のある場所には、やはり好きな女性と行きたい。そんなことを考えていると、真里に会いたくなった。

（そろそろ、行くか）

急に虚しくなってきた。

観光地をいろいろまわるつもりでいたが、行く場所は考えたほうがいいかもしれない。

とにかく、いちばんの目的は真里に会うことだ。そして、バイクで北海道をツーリングすることだ。まだまだ楽しみなことがたくさんある。決してテンションがさがることはなかった。

3

散策路を戻って、橋の上にあがる。

そして、自分のバイクに歩み寄ろうとしたとき、別のバイクが目に入った。健司のCB1000のすぐうしろに、黒いタンクのバイクが停まっている。サイズはそれほど大きくない。

（250か……）

自分のバイクの横に立ち、ちらりと見やる。

HONDAのRebel250だ。健司が大学生のときからある人気の車種だが、モデルチェンジを重ねており、当時とは形がずいぶん変わっている。まだ新しいのか、傷がほとんどなくてきれいだ。

持ち主はいないが、どこに行ったのだろうか。

タンデムシートに荷物は積んでない。サイドバッグもタンクバッグもついていないので、ツーリングではなく地元の人だろうか。

それほど気にすることなく、タンクバッグを取りつけていると、視界の隅に人影が映った。ヘルメットを手にしているのが見えたので、どうやらバイクの持ち主らしい。

（あっ……）

ふと視線を向けると、目が合ってしまった。

女性だったこともあり、なんとなく気まずくなる。しかも、切れ長の目もとが涼やかで、クールな雰囲気が漂っていた。

年のころは三十前後だろうか。ウエーブのかかった明るい色の髪が、胸もとに垂れかかっている。ブラックジーンズを穿(は)いて、本革の赤いダブルのライダースジャケットを着ていた。

（カッコいいな……）

そう思いながらも視線をそらす。彼女は初対面の人と気軽に話すタイプではなさそうだ。

――レブルですか。いいバイクですね。

若いころなら、そんなふうに話しかけていたと思う。

昔はライダー同士、すぐに打ち解けたものだ。ふだんは女性と話すことがなくても、ツーリングのときは心が軽くなって楽に接することができた。だが、今の自分はおじさんだという自覚がある。ヘンに話しかけたらナンパと思われて、冷たくあしらわれそうな気がした。

ここは黙って立ち去ったほうがいいだろう。彼女のほうを見ずに、急いでヘルメットをかぶろうとする。

「ちょっといいですか」

ふいに女性の声が聞こえた。

まさか自分が話しかけられるとは思わず、周囲にさっと視線をめぐらせる。ところが、近くには誰もいなかった。

「俺ですか」

念のため確認すると、彼女は小さくうなずいた。

平静を装いながらも内心警戒する。見れば見るほど美しい女性だ。自分のような中年男に興味があるとは思えなかった。

「じつは、スマホを落としてしまったんです。見かけませんでしたか」

彼女は困り顔でつぶやいた。

(そういうことか……)

状況を理解して、妙に納得する。

捜し物をしていたから、健司に話しかけてきただけだ。ほっとしたような、それでいながら少しがっかりした気分だ。期待していないつもりでも、せめてライダー同士の挨拶くらいできればと心のどこかで思っていた。

(落とし物か……まあ、そんなもんだよな)

困っていなければ、言葉を交わすことはなかっただろう。

それでも、急ぐ旅ではないので、いっしょに捜すことにする。自分もツーリング中に財布を落とした経験があるので、彼女が感じているであろう不安と焦りは手に取るようにわかった。

「このあたりで落としたのですか」

「それがはっきりしなくて……運河で写真を撮って、ジャケットのポケットに入れたんですけど、ファスナーを閉め忘れていたんです」

彼女はそう言って、ライダースジャケットの胸ポケットに触れた。

「このへんをブラブラしてから、札幌に戻る途中に気づいたんです。コンビニに寄ったらスマホがなくて、慌てて戻ってきました」

「なるほど……」

聞けばコンビニはすぐ近くらしいので、運河になくても道路に落ちているかもしれない。

「一度、スマホを鳴らしてみましょうか」

健司はそう言って、自分のスマホをウエストバッグから取り出した。

「そうですね。お願いできますか」

彼女が口頭で伝える電話番号を、健司がスマホに打ちこんで、発信ボタンをタップする。そして、耳を澄ましてみるが、着信音は聞こえなかった。

「近くにはないみたいですね。だいぶ歩いたのですか」

「遠くまでは行ってないなので……ここじゃないのかも」

ということは、コンビニに行く途中ということになる。

「それじゃあ、コンビニに向かって移動して、途中でスマホを鳴らしてみましょう。それをくり返しているうちに見つかるかもしれません」

「そんなことまでしていただくのは……お時間、大丈夫ですか。ツーリング中なんですよね」

彼女は申しわけなさそうにつぶやいた。

ＣＢ１０００にたくさんの荷物が積んであるのを見て、ツーリングの途中だとわかったらしい。

「予定をきっちり立てているわけではないので問題ないです。それより、急いだほうがいいです。行きましょう」

「すみません、お願いします」

彼女が先を走り、健司はうしろをついていく。少しだけ進み、バイクを道路の脇に停めてエンジンを切った。

ふたりともヘルメットを取り、健司が再び彼女のスマホにかける。この時間はまだ交通量が少ないので、耳を澄ませば着信音が聞き取れるかもしれない。しかし、着信音は聞こえなかった。

「ダメですね……」

彼女が肩を落としてつぶやいた。

あきらめかけているのが表情からわかる。今、彼女の胸は不安でいっぱいなのだろう。想像がつくから、なおさら手を貸したくなった。

「もう少し進んでみましょう」

健司がうながすと、彼女は小さくうなずいた。

再びバイクにまたがり、数十メートルだけ進んで停車する。そして、先ほどと同じように、彼女のスマホにかけてみた。

「あっ、聞こえますね」

微かに着信音が聞こえる。近くではないが、確かに鳴っているのがわかった。

「はい……」

彼女もうなずき、道路の脇をゆっくり歩きはじめる。

健司はスマホを鳴らしたまま、彼女のうしろをついていく。すると、着信音がどんどん大きくなる。近づいているのは間違いない。車に踏まれる前になんとか見つけたかった。

(これは……)

もしやと思いながらしゃがみこむ。街路樹の根もとの雑草のなかに、なにかが落ちているのを発見した。

「これじゃないですか」

スマホなのは間違いない。手に取って画面を見ると、健司のスマホの番号が表示されていた。

「ああっ、それです」

差し出したスマホを受け取り、彼女がうれしそうな声をあげる。満面の笑みを浮かべて、健司に向かって頭をさげた。

「助かりました。本当にありがとうございます」

「無事に見つかって、よかったですね」

健司も安堵して思わず笑みが漏れる。

今はスマホにいろいろな情報が入っているので、見つからなかったら手続きが大変だ。ある意味、財布より大切かもしれない。あらためて、落とし物をしないように気をつけなければと思った。

ふたりはバイクに戻ると、それぞれヘルメットをかぶった。

「では、俺はこれで――」

「お礼をさせてください」

健司の別れの挨拶は、彼女の言葉にさえぎられた。

「お時間、ありますよね」

見つめる瞳が、朝の光を受けて輝いている。

とっさに返す言葉が見つからず、健司は黙りこんでしまう。彼女の瞳に吸いこまれそうな感覚に襲われていた。

「わたし、札幌のワインバーで働いているんです。そこで、ごちそうさせてください。ワインだけではなくて、食事もおいしいですから」

彼女はいったんかぶったヘルメットを取った。

「まだ名前を言ってませんでしたね」

少しあらたまった感じで自己紹介する。

西野奈緒（にしのなお）、ワインバーで働きながら、ソムリエの資格を取る勉強をしているという。バイクは学生のころから趣味で乗っているという。今朝はたまたま早くに目が覚めたので、小樽まで行ってみようと思いついたらしい。

「そうしたら、スマホを落としてしまって……」

「災難でしたね」

「でも、親切な人に出会えたから、よかったです」

奈緒はそう言って、はにかんだ笑みを浮かべる。

そんな表情が魅力的で、ますます眩しく見えてしまう。健司は彼女に惹かれている自分に困惑して、言葉を失っていた。

「お名前、教えていただけませんか」

そう言われて、まだ名乗っていないことを思い出す。少し緊張しながら慌てて名前を告げた。

「健司さんとお呼びしてもいいですか」

奈緒が確認するようにつぶやく。

その声を聞いた瞬間、胸がドキドキして顔が熱くなるのを自覚する。赤面しているのは間違いない。フルフェイスのヘルメットをかぶっていてよかった。名前を呼ばれただけで赤くなるなど恥ずかしかった。

（なにを意識してるんだ……バカだな）

自分自身に呆れてしまう。

彼女のほうは、なにも思っていない。ただ名前を呼んだにすぎない。それなのに、健司はみっともなく舞いあがっていた。

「お礼なんて、気にしなくていいです。俺みたいなおじさんと食事してもつまらないですよ」

自虐的な気分になって告げると、彼女は首を小さく左右に振った。

「おじさんじゃないですよ。まだお若いじゃないですか」

奈緒がまじまじと見つめる。

目が合うと照れくさくて、健司はさりげなさを装って視線をそらした。お世辞なのか本気で言っているのか判別がつかない。だが、若いと言われると悪い気はしなかった。

「俺、もう四十四ですから」

「えっ、見えないです」

奈緒が目をまるくする。

スナックなどでよく耳にするセリフだが、そんな軽い感じではない。奈緒は本気で言っている気がした。

「わたしのちょうどひとまわり上ですよ。本当ですか」

その言葉で、奈緒が三十二歳だとわかる。

バイクに乗る服装なので、実年齢より若く見えたらしい。さすがにひとまわりも違うと、話も合わなくなってくる。年齢がわかった時点で、彼女も無理には誘わないだろうと思った。

「四十四にもなって独身なんです。だから、ひとりでツーリングなんて気楽なことができるんですよ」

「素敵じゃないですか。それなら、お誘いしても問題ないですよね」

意外なことに、奈緒はまだお礼をするつもりでいる。

「働いているわたしが言うのもおかしいですけど、すごくおいしくてオススメできるお店なんです」

口に出してしまった手前、引っこみがつかなくなっただけではないか。それなら、こちらから断ってあげたほうがいいだろう。

「ワインバーってことは、営業は夜だけなんですよね」

「夕方六時からです」

「そうですか。残念ですが――」

健司が言いかけると、奈緒がぐっと一歩踏み出した。

「さっき予定は立てていないって、おっしゃってませんでしたか」

「え、ええ、まあ……」

「親切にしてもらったのに、お礼をしないなんて、わたしのなかではあり得ません」

どうやら、きっちりした性格らしい。受けた恩は、しっかり返さないと気がすまないようだ。

「いつか落とし物をして困っている人を見かけたら、助けてあげればいいんじゃないかな」

「でも、親切にしてくれたのは、健司さんですから」

奈緒は引こうとしない。それどころか、言葉にますます力がこもっていた。

「ホテルも予約してないんですよね」

「宿はその日に行ったところで探すつもりなんです」

「それなら、札幌に一泊するのはどうですか」

そう言われて考える。

確かに、札幌なら観光するところはたくさんあるに違いない。せっかく来たのに、前回のようにラーメンを食べるだけではもったいない気がした。

「食事くらいはいいでしょう？」

「そうですね。それじゃあ、せっかくなので……」

押しきられる形で了承する。

とたんに奈緒の顔に笑みがひろがった。よくわからないが、彼女が喜んでくれたことで健司も幸せな気持ちになった。

「夕方までご案内します。どこをまわったんですか？」

「さっきフェリーでついたばっかりだから、まだどこも……とりあえず、札幌でラーメンを食べようと思っていたんです」

健司が答えると、奈緒は顎に手を当てて思案顔になる。

「札幌って、意外と観光地が少ないんですよね」

「そうなんですか？」

彼女の言葉は意外だった。事前に調べた感じでは、有名なところがたくさんある気がした。

「北海道全体で見れば、観光地はたくさんありますけど、札幌に限定してしまうと……」

札幌観光はあまり乗り気ではないようだ。それでも、とりあえず札幌方面に向かって走ることになった。

「とにかく、なにか食べたいんですよ」

朝食を摂(と)っていないので、腹が減っていた。できることなら、北海道らしいラーメンが食べたかった。

「そうですね。わたしもお腹が空きました。では、行きましょう」

バイクにまたがりエンジンをかける。

北海道に到着して、さっそく意外な出会いがあった。しかも、赤いライダースジャケットが似合う美しくも格好いい女性だ。今日一日、彼女と過ごせると思うとワクワクがとまらなかった。

4

「こんなところにあるのか……」

健司は目の前の建物を見あげて、思わずぽつりとつぶやいた。

「そうなんです。こんなところにあるんです」

隣に立っている奈緒が、どこか申しわけなさげに応じる。

午前八時前、ふたりは札幌の街にいた。目の前に、観光地として有名な札幌時計台が建っている。白い木造の建物で、三角屋根の上に載っている大きな時計が特徴的だ。

明治初期、開拓使によって建築された洋風建造物で、現在は重要文化財となっている。テレビでもたびたび見かける札幌を象徴する建物だ。

（しかし、ここはちょっと……）

健司は背後を振り返った。

そこは国道12号線で、自動車やバスがたくさん走っている。ちょうど出勤の時間帯で、お盆休みとはいえ、かなり混んでいる状況だ。瀟洒（しょうしゃ）なイメージの時計台が、こんな場所に建っているとは意外だった。

「建物自体は素敵なんですけど、街の中心部にあるので観光の人たちは驚きますよね」

「なるほど……」

健司は小さくうなずいた。

有名な札幌時計台がこの感じだ。奈緒が札幌観光に消極的だったのが、なんとなくわかる気がした。

「よし、ラーメンを食べに行きましょう。この時間に開いているところはありますか」

空気を変えようと、意識的に元気よく告げる。とりあえず、腹ごしらえをしたかった。

「朝から開いてるお店、知ってます」

奈緒もこちらの意図を察したのか、元気に答えてくれる。

再びバイクにまたがり、混雑する道を走っていく。案内されたのは、郊外にあるラーメン屋だ。

健司は味噌ラーメン、奈緒は醤油(しょうゆ)ラーメンを頼んだ。

学生時代に食したものとは異なるが、北海道らしい濃厚なスープと中太麵が合っていて、じつに美味だった。

満足して店を出ると、奈緒の提案で羊ヶ丘(ひつじがおか)展望台に行くことになった。

「ここからだと、一時間はかからないと思います。札幌市内だけど、多少は北海道らしいかもしれません」

「ありがたいですけど、こんなにつき合ってもらっていいんですか」

「今日はたまたまお休みだから気にしないでください。バイクに乗る友達がいないので、ちょっと楽しいんです」

そう言われると、くすぐったい気持ちになる。

まるでバイクでデートをしているようだ。こういうことを学生時代に経験したかった。せっかくなので、奈緒と過ごす時間を楽しむことにする。

札幌の街を抜けて郊外に向かう。

北海道はあまり渋滞しないと聞いたことがあるが、さすがに中心部の交通量はそれなりにある。それでも郊外に向かうと流れがよくなった。札幌ドームのすぐ横の道を通り、小一時間ほどで羊ヶ丘展望台に到着した。

「気持ちのいい場所ですね」

青空の下、健司は思わず大きく伸びをする。

小高い丘の上にあるため札幌の街を一望できる。羊が放し飼いされており、のどかな雰囲気が漂う場所だ。北海道開拓の父と呼ばれるクラーク博士の像はここに立っている。「少年よ、大志を抱け」という言葉はあまりにも有名だ。

「羊ヶ丘展望台に来ると、わたしは必ずアイスを食べるんです」

奈緒にうながされて売店に向かう。

カップのバニラアイスを買うと、売店の裏手にまわる。そこには芝生の広場があり、小さな子供たちが走りまわって遊んでいた。

「いつもここに座って食べるんです」

「いいですね」

ふたりで並んで芝生の上に座ると、バニラのアイスを食べはじめる。

プラスティックの小さなスプーンで、アイスを掬って口に運ぶ。濃厚でこってりしており、牛乳の風味が口いっぱいにひろがった。

「うまいな……」

思わずつぶやくと、奈緒がにっこり微笑んだ。

「でしょ。外で食べると、なおさらおいしく感じるんです」

そう言って空を見あげる。

健司もつられて顔を上向かせると、青い絵の具で塗りつぶしたような爽やかな空がひろがっていた。

「確かに、最高ですね」

「ふふっ……」

奈緒は楽しそうに笑っている。

そして、スプーンで掬ったバニラアイスを口に入れる。柔らかそうな唇を開いて、ピンクの舌がわずかにのぞいた。それが妙に生々しく感じて、ついじっと見つめてしまう。

(本当は、彼氏と来たかったんじゃないのか……)

ふとそんなことを考える。

奈緒くらい美しい女性なら、恋人がいて当然だろう。せっかくの休日につき合ってもらって悪い気がした。

「どうしたんですか」

視線に気づいたらしく、奈緒が不思議そうに首をかしげる。

「あっ、いや、なにも……」

健司は慌てて言葉を濁すと視線をそらした。

女子社員に彼氏のことを質問をすると、すぐにセクハラだ、モラハラだと騒がれる時代だ。上司だからといって威張り散らすことはできない。部下より上司のほうが気を使っているのが現状だ。健司も立場上、細心の注意を払っており、その癖がつい出てしまった。

「なにか気になることがあったんじゃないですか」

「別に……」

「会社じゃないんですから、なんでも聞いてください」

まるで心を見透かしたような言葉にドキリとする。思わず見やると、奈緒は微笑を浮かべていた。

「ワインバーで働いていると、いろいろな話を耳にします。部下にプライベートのことを聞くと、それだけで問題になるとか」

「そうなんだよ。やりにくくて仕方がない」

健司は思わず苦笑を漏らす。出世しないほうが気楽だったと思うこともあるくらいだ。

「今はお仕事中ではありませんよ」

奈緒はそう言ってくれるが、やはり恋人のことなど質問できなかった。

芝生の上で仰向けになる。

遠くで子供たちのはしゃぐ声が聞こえるのも、なんとなく気持ちがいい。気忙しい日常から離れて、とても幸せな空間にいる気がする。吹き抜ける風も心地よくて、心が安らいでいくのを実感した。

ふと目を開けると、太陽の眩い光が降り注いでいた。

あまりにも気持ちがよくて、ついうとうとしてしまった。時間はそれほど経っていないようだが、居眠りするとは思わなかった。

隣を見やると、奈緒が横になったまま伸びをしている。どうやら、彼女も眠っていたらしい。

「気持ちいいですね」

奈緒がそう言って恥ずかしげに笑った。

「気づいたら寝てました」

健司が答えると、彼女は立ちあがって身体(からだ)についた芝を払う。

「わたしも寝ちゃいました。軽く食事をしてから札幌に戻りましょう。ここでジンギスカンが食べられますよ」

「おっ、いいですね」

せっかくなので、本場のジンギスカンを食べたいと思っていた。

さっそく食堂に移動して、ジンギスカンを頼んだ。バイクなのでビールを飲めないのは残念だが、ラム肉は絶品だった。北海道はジンギスカンの店がたくさんあるが、それぞれタレが違うので、食べ比べるのもおもしろいという。

遅めの昼食を摂り、札幌の中心にある大通公園に向かった。

奈緒はマンションに戻ってバイクを置いてくるというので、健司は今夜の宿を探すことにした。手っ取り早く、ビジネスホテルに宿泊するつもりだ。少し休憩してから、再び合流することにした。

「寝過ごさないでくださいね」

「さっき昼寝したから大丈夫です」

笑顔で手を振って別れる。

健司はスマホでホテルを検索して今夜の宿を決めた。チェックインをして、すぐにシャワーを浴びる。なにかあるはずもないが、念のためボクサーブリーフはきれいな物に穿きかえた。

少し疲れていたが、それよりも楽しみのほうが大きい。旅に出ていることでテンションがあがっていた。

5

午後五時、大通公園に向かった。

ホテルから歩いて十分もかからない距離だ。待ち合わせ場所のテレビ塔が見えたとき、なんとなく東京タワーを連想した。テレビ塔の下まで行くと、すでに奈緒が待っていた。

(えっ……)

健司は歩み寄りながら、思わず声をあげそうになった。

先ほどまでのハードな服装とは打って変わり、清楚(せいそ)な装いになっている。女体にまとっているのは白いノースリーブのワンピースだ。シャワーを浴びたのか髪が艶々しており、肩に柔らかく垂れかかっていた。

奈緒がきちんとした服に着がえたことで、急に自分の格好が不安になってしまう。シャワーこそ浴びたが、ジーンズにライディングブーツ、白いTシャツ、それにバイク用のウエストバッグをつけている。荷物を減らすため、最低限の服しか持ってこなかった。

「あっ、健司さん」

奈緒が気づいて、右手をあげて大きく振る。

そのとき、白い腋の下が見えてドキリとしてしまう。無駄毛の処理がされており、つるりとした柔らかそうな皮膚が露出していた。

「お待たせして、すみません」

健司は急いで駆け寄り、頭をさげる。ほぼ時間どおりだが、待たせてしまったのは申しわけなかった。

「わたしも、今、来たところです」

奈緒はやさしげな微笑を浮かべる。

実際は少し前に到着して待っていたのだろう。彼女のやさしさが伝わり、胸が熱くなった。

「あと、こんな服しかなくて……」

「お気になさらないでください。ツーリング中ですから当然です」

バイクに乗っているだけあって、健司の服装にも理解がある。心配りのできる素敵な女性だ。

とりあえず、テレビ塔の展望台にあがる。

札幌の街が見渡せる。まっすぐ伸びる大通公園も見えるが、それより隣に立っている奈緒が気になった。

ライダースジャケットもクールでよかったが、女性らしい服装もじつに似合っている。女体の曲線がはっきりわかるため、ついつい視線が胸もとに向いてしまう。大きくふくらんでおり、呼吸に合わせて静かに上下していた。

「あそこを見てください」

奈緒が遠くの山を指さした。

大通公園のさらに先にある山だ。緑の木々で覆われているが、一部だけ木が伐採されているのか黄緑になっていた。

「大倉山(おおくらやま)のジャンプ台です」

山の色が違う部分は、スキーのジャンプ台だという。

一九七二年に開催された札幌オリンピックでジャンプ競技が行われた。現在も使われており、夜にライトアップされることもあるらしい。

「へえ、意外と近くにあるんですね」

健司は素直な感想をつぶやいた。

スキー場というのは山奥にあるイメージで、街から見えるというのは意外だった。ところが、奈緒はきょとんとした顔をしている。

「近いですか？」

「あそこなら日帰りできるんじゃないですか」

「もちろん、できますよ」

あっさり答えが返ってくる。

ジャンプ競技に限らず、スキーやスノボを日帰りで楽しむのは札幌市民にとって普通だという。しかも、学校や仕事のあと、軽い感じで滑りに行くこともあるというから驚きだ。

「やっぱり北国は違うな」

「体育の授業でもスキーがありますから。でも、泳ぐのは苦手です」

奈緒はそう言うと、肩をすくめて笑った。

北海道にも海水浴場はあるが、海に行ってもそれほど泳がないらしい。砂浜で火を起こしてジンギスカンを食べるという。

「どうして、泳がないの？」

「だって、寒いから」

「じゃあ、ジンギスカンを食べに行くようなもんですね」

「そうなんです。北海道の人はジンギスカンが大好きなんです」

思わず見つめ合って笑みが漏れた。

「いい時間ですね。ワインバーに行きませんか。さっきマスターに電話をしたら、早めにお店を開けてくれるそうです」

「それはありがたい。喉が渇いたと思っていたところです」

昼にビールを我慢したこともあり、そろそろ酒を飲みたくなっていた。

テレビ塔をあとにすると、徒歩ですすきの方面に向かう。てっきり店はすすきのにあると思ったが、奈緒は途中で商店街に入った。

狸小路（たぬきこうじ）商店街。名前は聞いたことがあるが、詳しいことは知らない。ぱっと見た感じは普通のアーケード商店街で、とくに変わった店があるようには見えなかった。

商店街のなかを歩き、とある建物に入っていく。奈緒がエレベーターに乗りこみ、健司もあとにつづいた。

「ここの四階です」

慣れた感じでボタンを押す。この雑居ビルに、奈緒の働いているワインバーがあるらしい。

「すすきのじゃないんですね」

「すぐ近くなんですけど、すすきのは価格が高いんです。観光客も多いので、わたしは狸小路のほうが好きですね」

奈緒の言葉を聞いて、これから行くワインバーは地元の人に愛されている店なのだろうと予想する。

エレベーターを四階で降りて、廊下を歩いていく。和食や中華など、さまざまな店が入っている。なかなか楽しそうな雑居ビルだ。地元に住んでいたら、仕事終わりに毎晩、飲みに来るだろう。

「ここです」

奈緒があるドアの前で立ちどまる。

木製のプレートがかかっており「poco a poco」と書いてある。どうやら、それが店名らしい。

「ポコアポコ……ですか?」

「はい。イタリア語で、少しずつとか、一歩ずつ、ゆっくり、という意味だそうです」

「なるほど、いい名前ですね」

仕事に追われる生活を送っていたせいか、その言葉は健司の心に響いた。

「イタリアワインの専門店なんです。どうぞ」

奈緒にうながされて店に入る。

照明が絞ってあり、柔らかい光がL字形のカウンターを照らしていた。スツールは八つで、カウンターだけのこぢんまりした店だ。

「いらっしゃいませ」

カウンターのなかにマスターが立っている。

意外に若くて驚いた。まだ三十代前半だろうか。雇われ店長ではなく、彼の店だというからたいしたものだ。

「いいお店ですね」

「ありがとうございます」

マスターは多くを語らず、頭を小さくさげた。

おしぼりをすっと出してくれる。動きがきびきびしていて、いかにも仕事ができそうな感じだ。

「マスターはソムリエなんですよ。お料理も作れるんですよ」

奈緒が自慢げに説明してくれる。

そういえば、彼女もソムリエを目指していると言っていた。もしかしたら、自分もいつかワインバーを開きたいと思っているのかもしれない。

「お酒、なに飲みますか。ワイン以外もありますよ」

「せっかくだからワインを飲みたいけど、詳しくないんだ」

格好つけても仕方がない。正直に告げると、奈緒は大丈夫という感じでうなずいた。

「マスターにまかせれば、いい感じで出してくれますよ」

「それじゃあ、とりあえず白で」

銘柄は指定せずに白ワインを注文する。奈緒も同じ物を頼むと、すぐにマスターが用意してくれた。

グラスとボトルをカウンターに置き、ぶどうの品種や特徴などを説明してくれる。ソムリエだけあって知識が豊富で、しかもわかりやすい。質問すれば、なんでも答えてくれそうな気がした。

「乾杯しましょう」

奈緒にうながされて乾杯する。

まさかツーリング初日に、女性とふたりきりでワインを飲むことになるとは思いもしなかった。

「うん、うまい」

ひと口飲んで、反射的につぶやいた。お世辞抜きに、今の気分にぴったりのワインだ。

「でしょう。マスターにまかせておけば大丈夫ですよ」

奈緒が満足げに微笑む。まるで自分が褒められたように喜んでいる。

おまかせで、いろいろなワインを出してくれるという。どうやら、一杯目なので口当たりのいいものを選んでくれたらしい。マスターは偉ぶることなく、静かにグラスを磨いている。若いが信用できる気がした。

「今日は本当にありがとうございました」

ふいに奈緒があらたまった感じで礼を言う。一瞬、なんのことかわからず、おかしな間が空いてしまった。

「あっ、スマホのことか。すっかり忘れてたよ」

健司が笑うと、奈緒も笑ってくれる。

「すごく感謝してるんですから、忘れないでください。健司さんが手伝ってくれなかったら、見つからなかったんですよ」

「それはおおげさだな。俺がいなくても、きっと見つかったよ」

「いえ、健司さんのおかげです。だから、好きなだけ飲んでくださいね」

奈緒はそう言って、白ワインを飲みほした。

それならばと健司もグラスを空にする。どうやら、奈緒は酒が強いらしい。それがわかり、楽しくなってきた。健司も酒が好きなので、飲める人がいるとテンションがあがってしまう。

「次は赤をお願いします」

マスターが目顔でうなずき、すぐに赤ワインを出してくれる。

奈緒も同じものを頼み、再び乾杯する。当然ながら、こちらも美味だ。つまみにトリッパやラザニアなども注文した。

聞けばマスターは料理学校を卒業して、さまざま店を渡り歩いて修業したという。そして、去年、この店を開いたらしい。料理もうまいので、ワインを次々とおかわりして、いい感じに酔ってきた。

「わたしもマスターみたいなソムリエになりたいんです」

何杯目かの赤ワインを飲みながら、奈緒がぽつりとつぶやいた。

酔いがまわったのか、潤んだ瞳でマスターをぼんやり見つめている。もしかしたら、恋をしているのではないか。

（お邪魔かもしれないな……）

ふと、そんな気がした。

まだ早いせいか、ほかに客はいない。今のうちに自分が帰れば、奈緒はマスターとふたりきりになれる。

「ちょっと飲みすぎたな……そろそろ失礼するよ」

健司はさりげなさを装って切り出した。

「もう帰るんですか」

奈緒がはっとした感じでこちらを見る。内心喜んでいるのかと思ったが、本当に驚いた顔をしていた。

「ツーリング中だから、早めに休むよ」

　不思議に思いながら答える。

「それなら、ホテルまで送ります」

　どこまで律儀な性格なのか、奈緒は会計をすませると立ちあがった。

　気を利かせたつもりだったが、よけいなお世話だったのだろうか。奈緒の熱い視線にマスターが気づかないはずがない。もしかしたら、マスターには恋人がいて、奈緒は相手にされていないのではないか。そう考えると、奈緒が立ち去ろうとするのもわかる気がした。

「帰り道、わからないですよね」

「確かに自信ないな。なんか、悪いね」

「これくらい、させてください」

　奈緒の笑顔がよりいっそう魅力的に感じる。ふいに、このままホテルに連れ帰りたい欲望がこみあげた。

（やっぱり、飲みすぎだな……）

　心のなかでつぶやき苦笑を漏らす。

　奈緒といっしょに外に出ると、すっかり日が落ちた札幌の街を歩き出す。並んで歩くと、彼女は意外に小柄だということを実感する。なぜか奈緒は無言になっており、意味もなくドキドキしてしまう。

わずか数分でホテルの前に到着する。

残念だがお別れだ。最後に彼女のほうを向いて、礼を言おうとしたまさにそのときだった。

「ンっ……」

奈緒が背伸びをして、いきなり唇をそっと押しつけた。

唇と唇が触れ合っている。溶けそうなほど柔らかい唇の感触が伝わり、頭のなかがまっ白になる。なにが起きているのか理解できず、健司は凍りついたように固まった。

「キス……しちゃいましたね」

奈緒は踵をトンと地面におろすと、いたずらっぽく微笑んだ。

「お、おい……」

健司の声は情けなく震えている。

まったく予想していなかった事態で、とまどいを隠せない。まさか奈緒に口づけされるとは思いもしなかった。

たまたま近くを歩いていた背広姿の男が、こちらをチラチラと見ている。中年男が美女にキスされる瞬間を目撃して、怪訝な顔をしながらも本当はうらやましいと思っているのかもしれない。

（参ったな……）

健司は困惑しながらも、少し誇らしい気持ちになっていた。

「お部屋まで、ついていってもいいですか」

ささやくような声だった。

奈緒は上目遣いに見あげて、頬をほんのり桜色に染めている。この状況で突き放せるはずがなかった。

6

「健司さん……ンンっ」

部屋に入ったとたん、奈緒は再びキスをする。背伸びをして両手を健司の首にかけると、当たり前のように唇を重ねた。

（い、いいのか……）

健司は心のなかでつぶやきつつ、彼女の唇をしっかり受けとめる。ワンピースの上からくびれた腰に手を添えて、女体の曲線を撫でまわす。そうしながら、柔らかい唇の感触に酔っていた。

「はンンっ……」

奈緒が吐息とともに舌を伸ばして、健司の唇の隙間に潜りこませる。舌先で歯茎をそっとなぞり、さらには舌をからめとって粘膜同士を擦り合わせた。唾液と唾液がまざることで、ヌルヌルと滑る感触がたまらない。予想外の展開で胸が高鳴っていた。

(まさか、こんなことに……)

旅先で出会った女と濃厚な口づけを交わしている。

この状況が興奮を生み、牡の欲望がもりもりふくれあがる。早くもペニスが芯を通して、ジーンズの前が硬く張りつめた。

「あンっ」

奈緒が唇を重ねたまま甘い声を漏らす。

ワンピースの下腹部に、健司の硬くなった股間が触れているのだ。男の熱さを感じて、彼女も昂りはじめているのかもしれない。舌が艶めかしく蠢き、健司の口内を這いまわった。

「うむっ」

健司も舌を伸ばすと、彼女の口内に差し入れる。

柔らかい口腔粘膜を舐めまわしては、甘い唾液をすすりあげて飲みくだす。さらには自分の唾液を、彼女の口に流しこんだ。

「ンっ……ンンっ」

奈緒は躊躇せずに健司の唾液を嚥下して、うっとりした表情を浮かべる。

そんな彼女の反応が、ますます健司を燃えあがらせた。舌をからめては何度も唾液を交換して、濃厚なディープキスに没頭する。抱き合ったまま、少しずつ部屋の奥へと移動していく。

ごく普通のビジネスホテルだ。

小型のテレビと冷蔵庫、ライティングデスク、それにベッドがある。枕もとの照明だけがついており、部屋のなかをぼんやり照らしていた。

窓のカーテンは全開だが、六階なので問題はない。遠くにテレビ塔やビルが見える。しかし、かなり距離があるので、望遠鏡でも使わなければ部屋のなかまでは見えないだろう。

それより、今は奈緒のことだけが気になっている。

ワインが神経を昂らせているのだろうか。疲労が性的興奮を誘発することもある。旅先の解放感もあるかもしれない。なにより、奈緒の魅力が健司を惹きつけていた。

「奈緒さん……」

キスの合間に語りかける。

今、ふたりはベッドの前で抱き合っている。健司は彼女の腰のラインを撫でまわして、奈緒は首に手をかけたまま濡れた瞳で見あげていた。息のかかる距離で見つめ合っていると、それだけで心が燃えあがる。

すぐにでも押し倒したい。きっと奈緒は受け入れてくれるだろう。しかし、その前に確かめておきたいことがあった。

「マスターのことは、いいのかい?」

できるだけ穏やかな声で質問する。

雰囲気を壊すことになるかもしれない。だが、これが叶わぬ恋の当てつけだとしたら、話はまったく違ってくる。

「尊敬はしてますけど、そういうのとは違います」

奈緒は鼻先が触れそうな距離で答えた。

「でも、なかなかの男前じゃないか」

「ご結婚されていて、お嬢さんもいます。それに、ソムリエの試験に合格するまで、誰ともつき合わないって決めてるんです。でも……」

そこで言葉を切ると、奈緒は健司の目をじっと見つめる。

「でも、なんだい？」

「女でも我慢できない日はあります」

奈緒の眼差しが熱を帯びる。視線が重なるだけで、背すじがゾクッとするほどの興奮を覚えた。

「健司さんは独身でしょう。我慢できない日はないんですか」

「あるよ……」

「年上の男性がタイプなんです。わたしじゃダメですか？」

それ以上に中年男を奮い立たせる言葉はない。

健司の理性は激しく揺さぶられて、抑えきれないほど欲望がふくれあがる。全身の血液が股間に流れこんでいくのがわかった。

「男の人の汗の匂いが好きなんです。今日、ずっといっしょにいたから……」

奈緒がうっとりした顔をする。

もう、これ以上は我慢できない。女体を抱きしめると、白い首すじにキスの雨を降らせる。ついばむように唇を何度も押し当てて、なめらかな肌に吸いついては舌を這わせた。

「あンっ、健司さん」

奈緒が名前を呼び、たまらなそうに腰をくねらせる。

そんな彼女の反応が、牡の欲望に火をつけた。ワンピースの背中のファスナーをおろして、一気に頭から抜き取った。白くて眩い女体にまとっているのは、純白レースのブラジャーとパンティだ。

ハーフカップブラから大きな乳房がこぼれそうになっており、魅惑的な谷間に視線が吸い寄せられる。細く締まった腰の曲線も艶めかしく、平らな腹に見える縦長の臍(へそ)も美しい。パンティはサイドが紐(ひも)になっているタイプで、三角形の布地が盛りあがった恥丘に貼りついていた。

「わたしだけなんて……」

奈緒が抗議するようにつぶやき、健司のベルトを緩める。さらにジーンズのボタンをはずしてファスナーをジジジッと引きさげた。

前が開くと、グレーのボクサーブリーフが露になる。ペニスの形が砲弾状に浮かびあがり、亀頭の部分に黒っぽい染みがひろがっていた。奈緒が目の前にしゃがみこみ、ジーンズを脚から引き抜く。さらに靴下も脱がすと、ボクサーブリーフに指をかけた。

ゆっくりおろされて、勃起したペニスがバネ仕掛けのように勢いよくブルンッと飛び出す。ふだんは半分ほど皮をかぶっている亀頭が完全に露出しており、大量の我慢汁でぐっしょり濡れていた。

「ああっ……」

奈緒がため息にも似た声を漏らす。

ボクサーブリーフを脚から抜き取り、ほっそりした指を太幹に巻きつける。そして、ゆるゆるとしごきはじめた。

「ううっ」

思わず小さな呻き声が溢れ出す。

柔らかい指が硬くなった肉棒の表面を滑っている。ゆったりとしたペースで擦られて、先端から新たな我慢汁が次々と溢れた。

「すごく濡れてますよ」

奈緒は目の前にひざまずいた状態だ。

雄々しく屹立したペニスを見つめながら、右手をゆっくり動かしている。男の感じるポイントがわかっているのか、何回かに一回、カリに指をかけてくすぐるように刺激した。

「くうぅッ」

こらえきれずに声が大きくなる。

すると、奈緒は指をすっとずらして、太幹の根もとあたりを焦らすようにシコシコとしごく。そうしながら上目遣いに健司の表情を確認して、口もとに妖しげな笑みを浮かべた。

(男の扱いをわかってるんだな……)

快楽に溺れながら考える。

意外と経験が豊富なのかもしれない。それとも、以前つき合っていた男に、性技を仕込まれたことがあるのだろうか。いずれにせよ、彼女のテクニックに翻弄されているのは確かだ。

「すごく大きいです。健司さんのこれ……」

奈緒が亀頭に唇を近づける。吐息が吹きかかり、ゾクゾクするような感覚が湧きあがった。

「前につき合っていた人、別のお店のソムリエだったんです。じつは、結婚も意識していました。でも、あとからわかったんですけど、遊び人で客に手を出す悪い男でした」

話すたびに熱い息が亀頭を撫でる。我慢汁がどんどん溢れて、彼女の指を濡らしていく。

「わたしのことだけを見てくれていると思っていたんです。バカですよね、わたし……。それで、ソムリエの資格が取れるまでは、男の人とつき合わないって決めたんです。あの人よりも、すごいソムリエになりたいんです」

本気でその男が好きだったのだろう。だからこそ、遊ばれていたとわかったときのショックは大きかったはずだ。それでも、つらい思いを糧にして、立ちあがろうと努力していた。

「でも、たまには遊びたくて……」

そう言うと、奈緒は亀頭にキスをする。我慢汁が付着するのも気にせず、カリにやさしく舌を這わせた。

「ううっ」

快感がひろがり、思わず腰が震えてしまう。それでも、どうしてもわからないことがあった。

「お、俺みたいなおじさんを、どうして……」

ひとまわりも年上の男で満足できるのだろうか。どうせなら、若くてハンサムな男がいいのではないか。

「自覚はないけど、友達に言われたことがあるんです。父を早くに亡くした影響で、年上の男性に憧れがあるんじゃないかって……別れた彼氏は五十歳でしたから。ただの幻想でしたけど」

奈緒は自虐的に言うと、亀頭をぱっくり咥えこんだ。

「な、奈緒さんっ……」

健司は反射的に呻きながら、両手で奈緒の頭をそっと撫でた。

きっと男に騙されて、悲しい思いをしたのだろう。それでもソムリエを目指してがんばっている。こんな状況で快楽に溺れながらも、彼女を応援したい気持ちが湧きあがった。

「はむっ……ンンっ」

奈緒は口のなかで亀頭を舐めまわす。

ねちっこい愛撫で、欲望がどんどんふくらんでいく。我慢汁が次から次に溢れると、奈緒はやさしくチュルルッと吸いはじめた。

「ううぅッ」

快感が大きくなり、反射的に顎が跳ねあがる。そのとき、窓の外に見えるライトアップされたテレビ塔が目に入った。

（俺、札幌にいるんだ……）

ふと旅先だということを実感する。

己の股間を見おろせば、今朝、出会った女性がペニスを口に含んでいた。柔らかい唇で太幹をしごきながら、舌で亀頭を舐めまわしている。そんな彼女と視線が重なることで、興奮が一気に跳ねあがった。

「奈緒さん、もう……」

これ以上は我慢できない。

旅先の解放感が欲望を煽り立てる。一刻も早くひとつになって、思いきり腰を振りたい。とにかく、なにも考えずに快楽だけを貪りたい。健司は腰を引いてペニスを彼女の口から引き抜いた。

「あンっ……健司さん？」

もっとペニスをしゃぶりたかったのか、奈緒が不満げな瞳で見あげる。

しかし、フェラチオよりもセックスがしたい。彼女を立ちあがらせると、ブラジャーのホックをはずして引き剝がす。とたんに大きな乳房がプルルンッとまろび出た。

白くてマシュマロのような柔肉が、なめらかな曲線を描いている。先端で揺れる乳首は濃いピンクで、乳輪が少し大きめなのが卑猥(ひわい)だ。まだ触れてもいないのに乳首は硬くとがり勃(た)っていた。

「興奮してるんだな」

彼女も昂っているとわかるから、遠慮することなくむしゃぶりつく。右手で腰を抱き寄せるなり、乳首を口に含んで舐めまわした。

「あぁッ……」

奈緒の唇から甘い声が溢れ出す。

その声がますます牡の欲望を煽り立てる。硬くなった乳首を舌先で転がしながら、左手を彼女の股間に伸ばす。内腿(うちもも)の隙間に指を滑りこませて、パンティの船底をそっと撫であげた。

「はンンっ、そ、そこは……」

とたんに女体がぶるるっと震えて、膝がくずおれそうになる。ちょうど割れ目に触れている部分が、たっぷりの蜜で濡れていた。ペニスを舐めしゃぶりながら、愛蜜を垂れ流していたのは間違いない。すかさずパンティを引きおろして、足から抜き取った。

これで奈緒が身につけている物はなにもない。ふたりとも生まれたままの姿になっていた。

彼女の股間に視線を向ければ、白くてふっくらした恥丘に黒々とした陰毛がそよいでいる。逆三角形に手入れされており、ふわふわして柔らかそうだ。すかさず指先で弄び、さらには内腿の間に左手の中指を滑りこませた。

「あっ、ダ、ダメです……ああっ」

女陰に触れたとたん、奈緒の身体がビクッと反応する。

恥じらいの声を漏らすが、いやがっているわけではない。その証拠に腰は男を誘うように、右に左にくねっている。愛蜜の量も増えており、健司の指先をぐっしょり濡らしていた。

（すごい、トロトロだ……）

触れているだけで、気分がさらに昂っていく。

ほんの少し指を動かすだけで、二枚の陰唇がクチュッ、ニチュッと湿った音を響かせる。すでに準備は整っているらしい。試しに指先を軽く押しつけると、いとも簡単にジュブッと沈みこんだ。

「あああッ」

奈緒の腰が反り返る。

敏感に反応してくれるから、健司の興奮も加速する。ペニスはますます硬くなり、新たな我慢汁が先端から溢れ出した。

口に含んでいる乳首に舌を這わせて、唾液をたっぷり塗りつける。じっくり転がしては、ときどきジュルルッと音を立てて吸いあげる。そして、不意を突くように前歯を当てて甘嚙み（あまがみ）した。

「ああンっ、そ、そんなこと……」

女体が小刻みに震えて、乳首がこれ以上ないほど硬くなる。感度がさらにあがり、舌の動きに合わせて膣（ちつ）が締まって指先を締めつけた。

（ここに挿（い）れたら、きっと……）

ペニスを挿入すれば、すさまじい快感を得られるに違いない。想像すると居ても立ってもいられなくなった。

女体をベッドに押し倒す。そして、彼女の膝の間に腰を割りこませると、ペニスの先端を陰唇に密着させる。正常位の体勢で見おろせば、奈緒は潤んだ瞳で健司の顔を見つめていた。

「は、早く……早く挿れてください」

我慢できなくなっているのは彼女も同じだ。

遠慮することなく腰をグッと押しつける。亀頭が二枚の陰唇を巻きこみながら、膣口にずっぷり沈みこんだ。

「おおッ、入ったぞ」

「はあッ、お、大きいっ」

奈緒の顎が跳ねあがり、白い喉が露になる。

健司はすかさず覆いかぶさって首すじにキスをしながら、さらにペニスを埋めこんだ。

「あああッ、い、いきなり……はあああッ」

女体の反応はすさまじい。大きく仰け反り、膣が猛烈に収縮する。太幹を思いきり締めつけて、濡れた膣壁が吸着した。

(これはすごい……)

健司は慌てて全身の筋肉に力をこめる。

かつて経験したことのない快感が、一気に全身へとひろがった。奈緒も興奮しているせいか、熱く蕩(とろ)けた膣の感触は強烈だ。締めつけたと思ったら、奥へ引きこむようにうねりはじめた。

「くおッ……う、動くぞ」

なんとかして自分のペースに持っていきたい。健司は腕立て伏せをするような体勢で、腰をゆっくり振りはじめる。ペニスを出し入れして、張りつめた亀頭で膣のなかをかきまわした。

「あっ……あっ……なかがゴリゴリって」

奈緒が眉を八の字に歪(ゆが)めて訴える。

根もとまで押しこむと亀頭が子宮口を圧迫して、じりじり引き出すときにはカリが膣壁を擦りあげる。膣道全体が意思を持った生き物のようにうねり、新たな愛蜜が次から次へと分泌された。

「くううッ、き、気持ちいいっ」

健司も快楽の呻き声を漏らして、腰の動きを加速させる。

一往復するたびに、射精欲がふくらんでいく。だが、この快感をそう簡単に終わらせたくない。少しでも長く楽しみたくて、懸命に尻の筋肉を引きしめて射精欲を抑えこむ。そうしながら、力強くペニスを出し入れした。

「あああッ、い、いいっ」

奈緒の喘ぎ声が大きくなる。

瞳がとろんと潤んで、耳まで赤くなっている。快楽に溺れているのは間違いない。手を伸ばして健司の尻たぶをつかむと、ピストンに合わせて股間をしゃくりはじめた。

「そ、そんなに動いたら……くうううッ」

快感が大きくなり、もう昇りつめることしか考えられない。腰を思いきり振り立てて、快楽だけを追求する。

「あぁッ、いいっ、気持ちいいっ、あああッ」

奈緒も絶頂が迫っているらしい。手放しで喘ぎ、股間を何度も跳ねあげる。蜜壺の締まりが強くなり、太幹をギリギリと絞りあげた。

「くうううッ」

頭のなかまで燃えあがったように熱くなる。目の前がまっ赤に染まるほど興奮して、とにかく全力でペニスをたたきこむ。

「ああッ、ああッ、す、すごいっ、激しいっ」

奈緒がだらしない顔をさらして喘いでいる。

若いときにもこんなセックスはしたことがない。いや、若くないから、こんなセックスができるのかもしれない。後腐れのない相手だからこそ、欲望むき出しで腰を振っている。彼女も同じ気持ちだとわかるから、ただ快楽だけを求めるセックスができるのだ。

「ぬおおおッ、も、もうっ」

「あああッ、わ、わたしも、あああッ」

健司の呻き声と奈緒の喘ぎ声が交錯する。

もっと気持ちよくなりたい。彼女をもっと感じさせたい。蕩ける膣のなかで思いきり射精したい。欲望が押し寄せてふくれあがる。猛烈な勢いでペニスを抽送して、湿った蜜音が響きわたった。

「ああッ、ああッ、い、いいっ、も、もうイッちゃうっ」

「いいぞっ、お、俺も……くおおおッ、で、出るっ、ぬおおおおおッ！」

思いきり腰をたたきつけると同時に雄叫(おたけ)びを轟(とどろ)かせる。

根もとまで埋めこんだペニスが脈動して、先端から大量のザーメンが怒濤(どとう)のごとく噴きあがった。熱い媚肉に包まれて射精することで、凄まじい快感が突き抜ける。

「あああッ、いいっ、いいっ、イクッ、イクうううッ！」

奈緒も裸体を仰け反らせて、絶叫にも似たよがり泣きを響かせる。大きな乳房がタプンッと弾み、乳首がビンビンにとがり勃つ。そこにむしゃぶりつけば、女体の反応はさらに大きくなった。

「はあああああッ！」

膣がこれでもかと締まり、男根をギリギリと絞りあげる。奈緒は絶頂に達しながら、さらなる高みに到達していた。

「ぬおおおおおッ！」

射精は驚くほど長くつづき、頭のなかがまっ白になっていく。女体を強く抱きしめると、かつてないほど大量の欲望を注ぎこんだ。

ふたりはほぼ同時に昇りつめて、快楽の嵐に呑みこまれた。

奈緒は両手を健司の尻たぶにまわしたまま、しばらく全身を小刻みに震わせていた。健司はペニスを引き抜くことなく、女体に覆いかぶさった。快楽の余韻に浸って、荒い呼吸をくり返していた。

汗ばんだ皮膚を重ねていると、身も心もひとつに溶け合った錯覚に陥る。

ずっと抱き合ったままでいたいが、夢の時間には必ず終わりが訪れることもわかっていた。

やがて呼吸が整うと、口づけを交わしてからペニスを引き抜く。そして、言葉を交わすことなく、彼女の隣で横になった。

「健司さん……ありがとう」

奈緒がささやき、頰にキスをしてくれる。

（礼を言うのは、俺のほうだよ）

健司は声には出さず、心のなかでつぶやいた。

ひとまわり年下の女性のなかに、思いきり欲望を解き放った。柔肌に触れたことで、心が穏やかになった気がする。肌と肌の触れ合いは、苦しみや悲しみを癒す効果があるのかもしれない。

（もしかしたら、奈緒さんも……）

つらい思いを抱えていたのではないか。

人肌に触れることでほっとするのは、男も女も同じなのかもしれない。愛する人と支え合って生きていければ、それに越したことはなかった。

奈緒はベッドから降りると、身なりを整えていく。そして、しっとりと潤んだ瞳で健司を見つめる。

「さようなら」

口もとには微笑が浮かんでいた。

健司はどう答えればいいのかわからず、ただ黙ってうなずいた。

旅先の情事だ。最初から一夜限りの関係だとわかっていたはずだ。それなのに胸がせつなくなるのはなぜだろうか。

人はひとりでは生きていけない。そんな当たり前のことに、今さらながら気がついた夜だった。

第三章　蕩ける唇

1

翌朝、目が覚めると腰が少し重かった。

バイクに乗ったことよりも、予想外のセックスで腰を激しく振った影響が大きいのは間違いない。

（まったく、なにをやってるんだ）

思わず苦笑が漏れるが、気分は悪くなかった。

昨夜は少し感傷的になったが、一夜明けたことで心は落ち着いている。行きずりの女性との交流はじつに刺激的だった。

――俺もまだまだ捨てたもんじゃない。

そんなふうに思うのは、調子に乗りすぎだろうか。

交際していた女性と別れたことで、一気に老けこんだ気がしていた。もう若くはないと自虐的になった。家庭を持っている同僚たちがうらやましくて、仕事ひと筋だった自分の生きかたに疑問を持った。

でも、今は奈緒と身体を重ねたことが自信になっていた。

ひとまわり年が離れていても、心の交流を持つことができる。絶対にあり得ないと思っていたことが現実になり、自分で自分の可能性を狭めていたことに気がついた。

出発前にシャワーを浴びようと思って体を起こす。

今日は富良野まで行くつもりだ。窓の外に視線を向けると、天気は大丈夫そうだった。

（一応、スマホで天気予報をチェックするか）

枕もとに置いてあったスマホに手を伸ばす。そのとき、ふと思い出して通話履歴を表示した。

昨日、奈緒のスマホを捜すときに、彼女の電話番号を打ちこんだ。

迷ったのは一瞬だけだった。小樽運河で出会ったのもなにかの縁だ。彼女は何度も礼を言ってくれたが、健司も感謝の気持ちがある。せっかくの出会いを大切にしたかった。

「昨日はいろいろとありがとうございました。ソムリエの試験に合格して、いつかお店を出すときは連絡をください。うちの商社でワインを扱っている部署があります。なにか協力できるかもしれません」

ショートメールを打って送信した。

返信は期待していない。せっかくできた縁を大切にしたいだけだ。こちらから切るようなことはしたくなかった。彼女が協力してほしいと思ったら、そのときは連絡してくるだろう。

天気予報をチェックする。

どうやら、今日も快晴らしい。バイク日和なら、一秒でも早く出発したい。バスルームに向かうと、急いでシャワーを浴びた。

午前十時、チェックアウトをすませると、外に出てすぐにバイクのエンジンをかける。そして、暖機運転をしながら、荷物をしっかりくくりつけた。

腹が減っていたが、食事に時間をかけたくない。近くのコンビニに寄っておにぎりとお茶を買うと、駐車場で簡単にすませた。

（よし、行くか）

気合を入れてバイクにまたがる。

まずは国道12号線に入り、岩見沢方面に向かって走り出す。札幌の街中は交通量が多く、信号でもたびたび捕まる。もう少し早く出発できれば、あっさり街を抜けることができたと思うが仕方ない。そのぶん昨夜はいいことがあったので不満はなかった。

札幌市から隣の江別市に入り、とにかく道なりに進んでいく。だんだん建物が減ったと思ったら、突然、牧草地がひろがった。

走りながら視線をチラリと向ければ、牛が何頭も放牧されていた。白と黒の模様はホルスタインだ。日本の乳牛はほとんどがホルスタインだと聞いたことがある。牛がのんびり草を食んでいる光景はじつに長閑だ。

（やっぱり、北海道は違うな……）

ヘルメットのなかで、思わず笑みがこぼれる。

札幌の中心部にあるホテルを出て、まだ一時間も経っていない。それなのに牛の放牧を見ることができるとは、さすがは北海道だ。

二度目なのに、今回のほうが感動が大きい。

前回はまだ大学生で、北海道のおもしろさがよくわかっていなかった。都会と放牧地がこれほど近くにあることや、車がガンガン走っている国道のすぐ横に牛がいることに、新鮮な驚きを覚えていた。

岩見沢の市街地を抜けると、国道12号線と道道１１６号線の交差点に差しかかる。ここを三笠（みかさ）方面に右折するのが、富良野への最短ルートだ。実際、二十四年前は右折した覚えがあった。

しかし、今回は少し遠まわりになるが、国道12号線を直進して、滝川（たきかわ）市を経由していくルートを取ると決めていた。

事前に北海道のことをいろいろ調べているとき、日本一長い直線道路があることを知ったのだ。そんなおもしろい道路があるなら、せっかくの機会なので実際に走ってみたいと思った。

岩見沢市を過ぎて美唄（びばい）市に入る。そのまましばらく走ると、やがて左手に縦長のモニュメントが見えた。

（あったぞ）

それを目にした瞬間、心が躍った。

確かに「直線道路日本一」と書いてある。ここから直線道路が二十九・二キロもつづくという。

しかし、意外なことに走ってみるとごく普通の道路だ。なんとなく牧草地のなかをまっすぐに伸びている道をイメージしていた。ところが、道路沿いには商店や家があり、当然ながら信号機もある。

印象としては、ごくありふれた田舎道だ。

日本一の直線道路だと気づかずに走っている人もいるのではないか。それこそ地元の人たちは、なにも意識せずに使っているだろう。正直なところ拍子抜けするほど普通の道だ。

（でも、確かにまっすぐだな……）

意識すると、不思議な感じがしてくる。

前方に目を向ければ、視力の限界まで直線がつづいていた。しかも、走っても走っても、はるか彼方から直線道路が湧いてくる。見える範囲の先にも、まっすぐな道が伸びているのだ。

（すごい道だな……これはすごいぞ）

感動がじわじわとこみあげる。

日本一の直線道路は、意識しないと気づかないほど普通の道だった。案外、すごいものというのは生活に溶けこんでいるのかもしれない。

やがてスタート地点にあったのと同じモニュメントが現れて、直線道路の旅はあっさり終わった。想像していた道路とは違っていたが、これはこれでおもしろい経験だった。

（腹が減ったな……）

時刻は午後一時になろうとしている。

ちょうどトイレにも行きたくなってきた。休憩をかねて、昼食を摂ったほうがいいだろう。

滝川の市街地を流しながら、どこの店に入るか考える。せっかくなら、北海道らしいものがいいが、あまり時間もかけたくない。ジンギスカンやカニはうまいが、ゆっくり食べたかった。悩んだすえに、地元の人が行くような食堂に飛びこんだ。

チェーン店の牛丼屋やハンバーガーショップのほうが、安くて早いのはわかっている。しかし、それではあまりにもおもしろみがない。迷ったときは地元の店と決めていた。

老夫婦がやっている店で、健司は生姜焼き定食を頼んだ。味つけは少し濃かったが、疲れている体にはちょうどいい。ご飯がお代わり無料だというので、つい頼んでしまった。

食堂をあとにして、ガソリンを入れると、国道38号線に入って富良野を目指した。

周囲から建物が減り、畑や林が多くなる。街を抜けてしまえば信号も少ないので、流れは悪くない。それどころか、飛ばす車が多くなるので気をつけなければならない。

（北海道まで来て、捕まりたくないからな……）

常に意識していないと、スピードを出しすぎになってしまう。走りやすい道ほど危険なのはわかっていた。

青空の下をのんびり走るのも気持ちがいいものだ。

若いころは、ついついスリルを求めがちだ。バイクに乗れば、アクセルを開けたくなることもあった。しかし、今はスピードを出さなくても楽しめる。空の青さと草原や林の緑を見ているだけで癒された。

気温も薄手のブルゾンを着ているくらいでちょうどいい。暑くもなく、寒くもなく快適だ。八月でも北海道の北東部や峠道は、気温がだいぶさがるので注意しなければならなかった。

午後三時前、富良野市に到着した。

札幌からの走行距離は百五十キロほどだ。

せっかくなので、ラベンダー畑のほうへと向かってみる。最盛期をすぎているのはわかっているが、少しでも見ることができたらラッキーだ。

正直なところ、花にはまったく興味がない。それでも旅先なので、楽しもうという気持ちはある。大学生のときも見に来たはずだが、まったく記憶に残っていなかった。

駐車場にバイクを停めて、花畑に歩いて向かう。

お盆休みということもあり、家族連れやカップルで賑わっている。そんななかで、ライダーブーツを履いた中年男は浮いていた。

(ちょっと、場違いかもな)

そう思いつつ、この状況を楽しんでいる。

東京に帰ったら、笑い話になるだろう。どうせなら、花畑のなかでひとり佇む写真を撮ったほうがおもしろいかもしれない。写真を見せながら、同期の仲間に報告するつもりだ。

（花は咲いてるかな……）

柄にもなくわくわくしている。

やがて花畑に到着すると、思わず目を大きく見開いた。赤、黄、ピンク、オレンジなど、色とりどりの花が咲き乱れている。ラベンダーの紫色しか想像していなかったので、美しい光景に圧倒された。

（これはすごいな）

気づくと立ちつくしていた。

花に興味のない健司でも見惚れてしまうのだ。好きな人には、たまらない光景ではないか。周囲を見まわすと、楽しげに写真撮影をしている人たちがたくさんいた。

（俺も、真里さんと来ることができれば……）

ふとそんなことを思ってしまう。

やはり、こういう場所には愛する人と来るのが楽しいに違いない。つい先ほどまでは、自分も写真を撮るつもりだった。しかし、はしゃぐカップルたちの姿を目にしたら、そんな気持ちはすっかり萎えてしまった。

早く真里に会いたい。そう思うと同時に、記憶は二十四年前のあの夜に遡っていた。

2

浴室で真里がオナニーしている。

風呂椅子に座った状態で膝を左右に大きく開き、膣に指を挿入しながら乳首をいじっているのだ。

「はあああッ、も、もうっ、あンンンンンンッ！」

ついに真里が昇りつめていく。身体を硬直させて、潮を吹きながら抑えた喘ぎ声を響かせた。

「くうううッ！」

健司も声を押し殺しながら達してしまう。

引き戸の隙間から真里の恥態をのぞきながら、思いきり精液を放出する。噴き出した大量の白濁液が放物線を描き、引き戸と壁を直撃した。

（お、俺は……な、なにを……）

欲望を解き放ったことで、急激に興奮が醒めていく。

早くこの場から立ち去るべきだ。真里は恩人だ。財布を落として困っていたところを助けてくれたのに、風呂をのぞくなんて最低だ。

（バ、バレる前に戻らないと……）

焦りが急激にふくれあがる。

しかし、引き戸と壁の隙間に精液がべったり付着している。これを放置したまま逃げるわけにはいかない。ティッシュペーパーはないかと脱衣所のなかを見ました。

次の瞬間、引き戸がガラッと開いて、全身の血液が凍りつく。前を向くと、すぐそこに裸の真里が立っていた。

「け、健司くん……」

驚いているのは真里も同じだ。

目を大きく見開き、とっさに右手で乳房を、左手で股間を覆い隠す。先ほどまで大股を開いていたのに、今は膝を閉じて内股になっていた。

「どうして、ここに？」

真里は壁の陰に身体を隠すと、顔だけのぞかせる。耳までまっ赤に染めて羞恥に震えながらも、瞳には怒りの色が見え隠れしていた。

「す、すみません……」

健司は小声でつぶやくのがやっとで、弁解することもできない。顔を情けなくひきつらせながら、おどおどと視線をそらした。

「ウソ……」

真里が小声でつぶやき、息を呑むのがわかった。

彼女の視線は健司の股間に向いている。はっとして確認すると、ペニスがむき出しのままだった。

慌てるあまり、ジーンズとボクサーブリーフをずらした状態のまま、ティッシュを探していたのだ。しかも、ペニスの先端は精液で濡れている。当然ながら濃厚な牡の臭いも漂っていた。

「こ、これは……その……」

ボクサーブリーフを引きあげることもできず、とにかく両手でペニスを覆い隠す。どうすればいいのかわからず、頭がパニックになってしまう。身動きできなくなり、泣き出したい気持ちで立ちつくした。

「ちょっと、これ……」

真里は引き戸と壁に付着している精液にも気づいて、困惑の表情を浮かべている。健司がなにをしてたのか、すべてを悟ったに違いなかった。

「のぞいていたのね」

「ふ、風呂に入ろうとして……そ、それで、偶然……」

必死に説明しようとするが、途中で黙りこんだ。

のぞいたのは間違いない。なにを言ったところで、どう取り繕ったところで、その事実は変えようがなかった。

「わたしが、あんなことをはじめたから、見てしまったの?」

真里の声は意外にも穏やかだ。

怒りを抑えているのか、それとも呆(あき)れているのかわからない。とにかく、この場から一刻も早く逃れたかった。

「わたしがなにもしなかったら、見なかった?」

「そ、それは……」

思いも寄らぬことを質問されて、言いよどんでしまう。

真里の自慰行為に惹(ひ)きつけられたのは確かだが、ただ裸体を見ただけでも昂(たかぶ)っていた。

「どっちにしろ、のぞくつもりだったの？」

「わ、わかりません」

「わからないことないでしょう。わたしがなにもしなかったら、健司くんも興奮しなかった？」

「こ、興奮なんて……」

羞恥で顔が熱くなる。自分でペニスをしごく光景が脳裏に浮かび、逃げ出したい衝動がこみあげた。

「興奮したから、自分でしたんでしょう」

「うっ……」

問いつめられて、なにも答えられなくなる。両手で股間を隠したまま、いつしか涙ぐんでいた。

「もしかして……経験ないの？」

真里がやさしく尋ねる。

その声を聞いたことがきっかけで、こらえきれなくなってしまう。うなずくと同時に涙が溢れ出した。

「ご、ごめんなさい」

「そうだったの……わたしのほうこそ、ごめんなさい。健司くんがお風呂に来るかもしれないのに、あんなことして」

　真里は壁の陰から出てくると、ペニスを覆っていた両手をそっと握る。乳房も恥丘も露（あらわ）になっているが、なぜか隠そうとはしなかった。

「女の身体をナマで見るのも、はじめて？」

「は、はじめてです」

　健司はチラリと見て、すぐに顔を伏せる。本当は見たくてたまらないが、さすがに凝視するわけにはいかなかった。

「お風呂、入るつもりだったんでしょう。体を洗ってあげる」

　真里はいったん脱衣所に出ると、とまどう健司の服を脱がしてくれる。そして、手を取って浴室へと導いた。

「ここに座って」

「は、はい……」

　うながされるまま健司は風呂椅子に腰かける。すると、真里は目の前でひざまずいた。

　健司の緊張と羞恥はピークに達している。どうすればいいのかわからず、内股になって両手で股間を隠していた。それでも、真里の裸体が気になって仕方がない。たっぷりした乳房も、股間に茂る黒々とした陰毛も見えていた。

（や、やばい……）

こんな状況にもかかわらず、ペニスがむくむくふくらんでしまう。

今、勃起に気づかれたら最悪だ。しかし、そう思えば思うほど、ペニスはますます硬くなる。懸命に手のひらで隠すが、完全に勃起しているのは見るまでもなく明らかだった。

「お湯をかけるわね」

真里が木製の桶（おけ）で浴槽の湯を掬（すく）い、肩にそっとかけてくれる。

少し熱めの湯が心地いい。左右の肩に何度もかけると、ボディソープを手に取って泡立てはじめた。

「スポンジを使うよりも、手で洗うほうが肌にはいいんですって」

そう言いながら、手のひらを健司の両肩にあてがう。そして、包みこむようにしながら撫（な）でまわした。

「うっ……」

ヌルリと滑る感触に胸が高鳴る。思わず小さな声が漏れると、真里は楽しげに目を細めた。

「くすぐったい？」

「す、少し……」

小声で答えるが、真里はやめようとしなかった。

「我慢してね」

そう言いながら、手のひらを肩から胸板に滑らせる。円を描くようにして泡を塗りつけて、洗いはじめた。そのとき、指先が乳首をすっと撫でた。

「ううっ」

またしても声が漏れてしまう。

最初は偶然、触れただけだと思った。しかし、彼女の指先は何度も乳首をかすめていく。まるで狙い澄ましたように乳輪をなぞり、さらには反応して硬くなった乳首を転がした。

「うっ……ううっ」

「どうしたの？」

真里は口もとに笑みを浮かべている。

やはりわざとやっているらしい。健司が悶（もだ）える姿を見て、楽しんでいるのだろうか。何度も何度も乳首ばかりを刺激する。

(そ、そんなにされたら……)

健司は腰をよじり、心のなかで訴えた。

ペニスがそそり勃ち、大量の我慢汁が溢れている。覆い隠している手のひらに触れて、ヌルヌルと滑っていた。

「どうして、隠してるの?」

真里がまっすぐ見つめて、やさしく尋ねる。そして、健司の手首をつかむと、股間から引き剝がした。

「こんなに大きくして……興奮しちゃったのね」

最初からわかっていたのだろう。それほど驚いた様子もなくつぶやくと、再び桶を手にして健司の体に付着した泡を洗い流した。

「ここに座って」

いったん健司を立ちあがらせると、浴槽の縁に座らせる。

「膝は開いておいてね」

真里がやさしい瞳で見あげていた。

脚を開くのは恥ずかしい。真里が目の前にひざまずいているため、勃起したペニスを見せつける格好になる。それでも真里に言われると、拒絶することはできなかった。

「内緒にできる？」

ささやく声に秘密めいたものを感じる。健司は期待に胸をふくらませて、こっくりうなずいた。

「ふたりだけの秘密よ」

そう言われて、再び何度もカクカクとうなずく。すると、彼女の手のひらが膝に重なり、内腿を股間に向かってゆっくり滑りはじめた。

「こんなこと、誰にでもするわけではないのよ」

「ううっ……」

健司は呻き声を漏らすだけで、まともに返事ができない。

柔らかい手のひらが、内腿のつけ根に到達している。指先が陰嚢に軽く触れており、ゾクゾクするような感覚がひろがっていた。

「ど、どうして、こんなこと……」

わけがわからず震える声で疑問を口にする。

のぞかれたことを知って、真里が怒るのはわかる。健司も言いわけするつもりはない。しかし、この状況はどういうことなのだろうか。真里は体を洗ってあげると言いながら愛撫を施していた。

「健司くんがあんまりかわいいから……わたしなんかに興奮してくれて、うれしくなってしまったの」

真里は指先で、内腿と陰嚢のつけ根を撫でている。頬がほんのり赤く染まっているのは、彼女も興奮しているからだろうか。

「ここは田舎でしょう。健司くんの住んでいる東京とは違って、出会いが少ないの。年の近い人は、昔からの知り合いばかりだし……だから、ちょっと驚いたけど、わたしに興味を持ってくれたから」

手のひらで陰嚢を包みこんで、やさしく撫でまわす。たったそれだけで屹立した肉竿がヒクヒクと反応した。

「くっ……ううっ」

「東京にも、健司くんみたいに純粋な人っているのね」

真里は陰嚢をそっと揉んでいる。話しながら、手のひらのなかで双つの睾丸を転がしていた。

「お、俺が、純粋……」

そんなことを言われたのは、これがはじめてだ。今ひとつピンと来なくて、思わず首をかしげた。

「わたしは、そう思うわ」

真里は睾丸を転がしつつ、自分が体験したことを話してくれる。

旅行者のなかには、真里を部屋に連れこもうとする者もいるという。風呂をのぞかれたことも今夜がはじめてではない。身の危険を感じたことは、一度や二度ではないらしい。

「でも、健司くんは謝ってくれたでしょう。わたしにも落ち度はあったのかなって……だから、今夜だけは特別よ」

真里は左手で陰嚢を揉みながら、右手の指を肉竿に巻きつける。そこはすでに先端から流れてきた我慢汁でぐっしょり濡れていた。それでも構うことなく、ヌルリッ、ヌルリッと擦りはじめる。

「くううっ」

「今からすることは、ふたりだけの秘密……わかった？」

真里が上目遣いに見つめて念を押す。

健司はまともに返事もできず、とにかく何度もうなずいた。すると、真里は微かすかに微笑（ほほえ）んだ。

「ンっ……」

ペニスに顔を寄せたと思ったら、真里の柔らかい唇が亀頭に触れた。

その瞬間、感電したような衝撃が全身に走った。信じられないことに、真里が我慢汁まみれの亀頭にキスをしたのだ。

（ま、まさか、真里さんが……）

健司は思わず全身を硬直させた。

もちろん、はじめての経験だ。キスされただけでも驚きなのに、真里はピンク色の舌先をのぞかせて、亀頭の表面に這（は）わせはじめた。

（そ、そんなことまで……）

軽く舐（な）められただけで、腰が震えるほどの快感が走り抜ける。

柔らかい舌が蠢（うごめ）く感触がたまらない。まるで我慢汁を舐め取るように、亀頭全体をゆっくり這いまわる。さらには敏感な裏スジを舐めあげられて、反射的に両手で浴槽の縁を強くにぎった。

「ううぅッ」

「痛かった？」

真里が舌を離して尋ねる。健司はもっとつづけてほしくて、即座に首を左右にぶんぶん振った。

「よかった……ンンっ」

真里はうれしそうに微笑み、すぐに愛撫を再開する。

亀頭全体に舌を這わせて、我慢汁がすっかり舐め取られてしまう。尿道口から新たな我慢汁が溢れるが、唇を押し当てると湧き出るそばからチュウチュウと吸いあげる。

「ううッ、き、気持ちいい」

腰が小刻みに震えて、無意識のうちに口走ってしまう。

すると、真里は再び亀頭を舐めまわす。左手では陰嚢を揉みほぐし、右手では竿をシコシコ擦(こす)りながら、我慢汁の代わりに唾液をたっぷり塗りつける。それだけでも童貞の健司にとっては凄(すさ)まじい快感だ。

「ううッ、そ、そんなにされたら……」

今にも暴発しそうになって訴える。

ところが、その声を合図にしたように、真里はいきなりペニスの先端をぱっくり咥(くわ)えこんだ。

「あむンンっ」

「ちょ、ちょっと……くううッ」

健司は慌てて全身の筋肉に力をこめて、爆発的にふくれあがった射精欲を抑えつけた。

(ま、まさか、こんなことが……)

己の股間を見おろせば、真里がペニスを口に含んでいる。バットのように硬くなった肉棒に、彼女の柔らかい唇が密着していた。

雑誌やAVで見たことのあるフェラチオを、今まさに体験している。いつか経験したいと思っていたことが、唐突に現実となっていた。しかも相手は親切にしてくれた女性だ。恩人の真里が、洗ってもいない亀頭をねちっこく舐めまわして、さらには咥えこんでいた。

(どうして……)

またしても疑問が湧きあがる。

数時間前は財布をなくして地獄にたたき落とされた気分だったのに、今は天国をふわふわ漂っているようだ。

真里の熱い吐息を亀頭に浴びて、柔らかい唇を太幹に感じている。さらには彼女が首を振りはじめたことで、ヌルヌルと擦りあげられるのがたまらない。腰がまたしても震えて、なんとか抑えつけていた射精欲が暴れ出した。

「くうッ、す、すごいっ」

「あむっ……むふっ……はむンっ」

真里は微かに呻きながら、唇をゆったりスライドさせる。

太幹をしごかれるたび、新たな我慢汁が溢れてしまう。しかし、真里は構うことなく首をリズミカルに振りつづける。ときおり喉を鳴らして、口内にたまった我慢汁を飲みくだした。

「ま、待ってください……」

これ以上されたら暴発してしまう。

なにしろ健司は童貞で、これがはじめてのフェラチオだ。すでに自分でしごくよりも大きな快感が全身にひろがっている。先ほど射精していなければ、とっくに限界に達していたはずだ。

「も、もう無理です……で、出ちゃいますっ」

経験したことのない愉悦に襲われて、頭の芯まで痺(しび)れている。

この状況で耐えつづけることなど不可能だ。震える声で訴えるが、真里はペニスを咥えたまま上目遣いに見あげると、首振りのスピードを一気にあげる。ジュプッ、ジュポッという卑猥な音が浴室に響きわたるのも、射精欲を猛烈に煽り立てた。

「ううぅッ、ま、待って、くうううッ」

「出していいのよ……ンンンっ」

真里がペニスを口に含んだまま、くぐもった声で射精をうながす。その言葉が引き金となり、興奮が爆発的にふくらんで脳天まで突き抜ける。もう我慢することなど、できるはずがなかった。

「あふッ……はンッ……あむぅッ」

唇で太幹を猛烈にしごかれて、ペニスが蕩けるような錯覚に囚われる。真里の声も刺激的で、無意識のうちに股間を突き出す格好になっていた。

「おおおおッ、で、出ますっ、真里さんっ、くおおおおおおッ！」

ついに雄叫びをあげながら精液を放出する。

ペニスを真里に咥えられていることを忘れたわけではない。わかっているからこそ興奮が加速する。美しい女性の口のなかだと思うと背徳感が刺激されて、驚くほど大量の精液が噴きあがった。

「はンンンンッ」

真里は精液をすべてを口内で受けとめると、躊躇することなく喉を鳴らして嚥下する。さらにはペニスの根もとを唇で締めつけながら、頬がぼっこり窪むほど吸いあげた。

「くうううッ！」

精液が凄まじい速度で尿道を駆け抜ける。射精と同時に吸われることで、快感が何十倍にもふくらんだ。

両手で浴槽の縁を強くつかみ、膝を大きく開いてつま先立ちになっている。股間を突き出した状態で、真里の口のなかに思う存分、精液を注ぎこむ。頭のなかがまっ白になり、いつしか口の端からよだれを垂らしていた。

（こ、こんなに気持ちいいなんて……）

四肢の先まで快楽が蔓延している。

フェラチオでの射精は、全身が蕩けたかと思うほど気持ちいい。なにも考えられなくなり、体をヒクつかせながら絶頂の余韻に浸っていた。

「ンンっ……ンンンっ」

真里はまだ股間に顔を埋めて、ペニスをやさしく吸っている。

尿道に残っていた精液も残らず飲みくだすと、今度は舌を這わせてきれいにしてくれた。いわゆる、お掃除フェラというやつだ。まさか、そんなことまでしてくれるとは感激だった。

「はああンっ……」

ようやくペニスから唇を離すと、真里は艶（なま）めかしい吐息を漏らした。瞳がしっとり潤んでおり、目もとが赤く染まっている。ペニスをしゃぶったことで興奮しているのかもしれなかった。

「すごく濃かったわ」

右手の人さし指で唇を拭うと、恥ずかしげな笑みを漏らす。その表情が色っぽくて、健司はうっとりしながら見つめていた。

「わたし、先にあがるわね」

真里は桶で湯を掬って、汗ばんだ自分の身体をさっと流すと立ちあがった。

「このことは内緒よ」

小声でささやき、唇の前に人さし指を立てる。

もちろん、誰にも言うつもりはない。真里と秘密を共有することで、特別なつながりを持てた気がした。

「もう誰も来ないから、ゆっくり入ってね」

真里はそう言い残して、浴室から出ていった。

健司は呆けたまま浴槽に浸かり、夢のような出来事を何度も回想した。どうして真里がフェラチオしてくれたのか、今ひとつわからなかった。

3

（どうして、あんなことしてくれたのかな……）

健司は花畑の前に立ちつくしていた。

通行人の邪魔になっていることに気づいて移動する。近くにベンチがあったので、自動販売機で缶コーヒーを買って腰かけた。

――東京にも、健司くんみたいに純粋な人っているのね。

真里の言葉は今でもはっきり覚えている。

あのころの自分が純粋だったのかどうかはわからない。だが、少なくとも真里の目には、そう映っていたようだ。いやな客もたくさんいたようなので、健司がガツガツしていなかったのがよかったのだろうか。

とにかく、真里と出会ったことで、北海道ツーリングの印象が大きく変わったのは間違いない。

結局、警察に遺失届を出したが財布は見つからなかった。

あのとき、野宿でもしながらフェリーの乗り場までたどり着いて、なんとか東京に帰ったとしても、最低の思い出になっていたのではないか。時間が経てば笑い話になったかもしれない。それでも、最高に楽しかった思い出にはならなかったはずだ。

しかし、真里との出会いがすべてを変えた。

旅先で見知らぬ女性に受けた恩は、一生の宝物になった。あの経験があったから、自分も困っている人を見かけたら手助けできるようになったのだ。泊まる場所と食事を提供してもらっただけでも、すばらしい思い出になった。

（そのうえ……）

真里はフェラチオしてくれた。

健司にとっては、はじめての口唇愛撫だった。セックスこそしていないが、強烈な快楽は心と体に刻みこまれている。二十四年たった今も、色褪（いろあ）せることのない記憶だ。

あの経験により、北海道ツーリングの印象はさらに変わった。真里が楽しい記憶に書き換えてくれたのだ。

（真里さん……）

色とりどりの花を眺めながら、心のなかで愛しい人の名前を呼んでみる。

熱いものがこみあげて、胸がせつなく締めつけられた。あれから一度も真里に会っていない。電話もしなければ手紙も書かなかった。

また、すぐに会いに行くつもりだった。お礼はそのとき言うつもりでいた。だが、タイミングが合わず、再会は叶わぬままだった。無情にも時は流れて二十四年も経ってしまった。

真里はどうしているだろうか。

民宿はまなすが今も営業しているのは、インターネットで調べたのでわかっている。だが、あえて詳しいことまで検索しなかった。真里の現状を知って、行く気が萎えるのを避けたかったというのが本音だ。

借りた金を返さなければと、頭の片隅でずっと思っていた。

だが、現在の真里の生活を知るのが怖かった。

もしかしたら、結婚して子供がいるかもしれない。四十六歳という年齢を考えればい、充分あり得ることだ。その可能性が高いと思ったほうがいいだろう。せめて、幸せに暮らしていてほしかった。

プラトニックとは言わないが、真里とはセックスしていない。だからこそ、なおさら胸から離れないのかもしれない。

(俺も甘っちょろいな……)

胸底でつぶやき、思わず苦笑が漏れる。

心のどこかで、今も真里が独り身でいてほしいと願っている。そのことに気づいて、自分のことが恥ずかしくなった。

(そんなはずないだろ……)

自分自身に突っこみを入れる。

真里ほどの女が独身でいるはずがない。美しいだけではなく、心の清らかな女性だ。そんな彼女が、通りすがりの健司を待っているはずがない。そもそも、健司のことなど、とうの昔に忘れているかもしれなかった。

(わかってるさ……そんなことわかってる)

自分を納得させるように、心のなかで何度もつぶやく。

わかっているが、夢を見ることはやめられない。そんなことだから、この年まで結婚できなかったのだろう。

（そろそろ、今夜の宿を決めるか）

虚しくなって立ちあがる。

駐車場に向かって歩きながら、どっと疲れを感じていた。

今夜もビジネスホテルに泊まるつもりだ。早いところ宿を決めてしまったほうがいいだろう。

（そういえば腹も減ってきたな）

無性に肉が食いたかった。

せっかく北海道に来たので、またジンギスカンだろうか。酒でも飲んで、とっとと休むつもりだ。そのときの気分で好き勝手に決められるのは、ひとり旅のいいところだった。

第四章　摩周湖の人妻

1

翌朝、スマホのアラームが鳴る前に目が覚めた。

昨夜は富良野のビジネスホテルに宿泊した。近くにステーキハウスがあったので、晩飯はそこで食べた。十勝(とかち)牛のステーキと十勝ワインの組み合わせは最高だった。

おかげで睡眠も深く、体力が回復していた。

ベッドの上で地図をひろげてルートを確認する。今日は摩周湖に向かう予定だが、途中、峠道があるのが気になった。二十四年前は峠で天気が悪くなり、小雨が降り出したのだ。

スマホで天気予報をチェックすると、今のところ雨は降らないことになっている。しかし、山は天候が変わりやすいので安心できない。とにかく、早く通過してしまったほうがいいだろう。

（よし、出発するか）

午前九時すぎ、荷物を持って部屋を出る。

チェックアウトの手続きをすませると、例によって暖機運転をしながら荷物をバイクにくくりつけた。

まず向かうのはコンビニだ。

おにぎりとお茶を買うと、バイクのシートに横座りして頬張った。東京では絶対にやらないが、なぜかツーリング中だと恥ずかしさはない。むしろバイクで旅をしていることを実感して楽しかった。

簡単に腹ごしらえをしてバイクにまたがる。

１０００ccのエンジンは今朝も快調だ。慎重にスタートして、まずは国道38号線を南下していく。街を抜けてしまえば、周囲は木々に囲まれる。森のなかを走っているような感じだ。

直線道路と緩やかなカーブが心地いい。バイクで走るには快適な道路だ。ときおり、ツーリングのバイクとすれ違う。たくさん荷物を積んでいるので、すぐに旅の最中だとわかる。

何台目かのバイクが、すれ違いざまに左手をあげた。

（おっ……）

健司も慌てて左手をあげて挨拶を返す。

とっさのことだったが、体が覚えていた。ツーリングのバイク同士、すれ違うときに互いの安全を祈って挨拶する。いわゆるピースサインというやつだ。昔は当たり前にやっていたが、今もやる人はいるらしい。

（やっぱり、これだよな）

うれしくなって胸が躍った。

ピースといっても、必ずしも指をV字にする必要はない。人によっては普通に手を振ったり、親指をぐっと立てたり、拳を天に向かって突きあげたりとさまざまだ。だが、旅の無事を祈る気持ちは変わらない。とくに悪天候でつらいときなど、励みになるものだ。

すれ違いざまの一瞬の交流だが、健司は昔からピースサインが好きだった。どうして、今まで忘れていたのだろうか。

（そうだよ。この感じだよ）

まるで学生時代に戻ったような気分だ。

あのころはバイクに乗ることが楽しくて仕方なかった。ただ走ってピースサインを交換するだけでうれしかった。

北海道は一回しか走れなかったが、伊豆には何度も行っている。大学やバイトがないときは、いつもバイクに乗っていた。

だが、就職してバイクに乗る余裕がなくなり、休日は疲れきって眠るだけになっていた。そんなことをくり返しているうち、仕事だけが日常になっていた気がする。いつしか大好きだったツーリングの楽しみも忘れて、つまらない大人になってしまった。

（天気もいいし、最高だな）

心が解放された気がする。

北海道に来てよかった。この青空の下を走れるだけでも、はるばる来たかいがあるというものだ。

（これで真里さんに会えれば……）

さらに喜びは大きくなるだろう。

結婚していたとしても、子供がいたとしても、とにかく会いたい。できることなら、笑顔で昔話をしたかった。

国道38号線をひたすら進んでいくと、やがて登り坂に差しかかる。緩やかなカーブが連続しながら、少しずつ登っていく。進むにつれて、だんだん空気が冷たくなっていくのがわかった。

狩勝峠（かりかちとうげ）だ。雨が降ると一気に冷えるのを知っている。夏だからといって油断はできない。とりあえず、今のところは太陽が出ているので大丈夫そうだ。順調に登りつづけて、やがて展望台が見えてきた。

（一服するか……）

ウインカーを出して駐車場に入るとバイクを停める。

最後まで気を抜かず、サイドスタンドを立ててエンジンを切った。そして、ヘルメットを取ると、大きく息を吐き出した。

とりあえず天気が持ってくれたことで安堵（あんど）する。頂上まで来てしまえば、これ以上寒くなることはない。万が一、雨が降ってもレインコート一枚で調整が利くだろう。

バイクを降りて、展望台に向かった。

（おおっ、すごいな……）

狩勝峠の眺望は絶景だと聞いていたが、まさにそのとおりだ。

眼下に雄大な十勝平野がひろがっている。あたり一面が緑に埋めつくされており、なにより広大だ。遠くに見える山々の造形も美しくて、時間も忘れてぼんやり眺めてしまう。

「こりゃあ、いい天気だ」

「本当ね」

隣で景色を眺めている老夫婦の会話が聞こえた。

（確かに……）

健司もつられて晴れ渡った空を見あげる。

そのとき、ふと「十勝晴れ」という言葉を思い出した。十勝地方は冬型の気圧配置になると、晴天の日が多くなるらしい。十勝晴れとは、そのことを指した言葉だという。

夏でもこんなに気持ちのいい空がひろがっている。冬はどんな景色を見ることができるのだろうか。

（きっと、冬もいいんだろうな……）

機会があれば、ぜひ来てみたい。そのときは、愛する人が隣にいてくれたら最高だ。

「お父さん、今度は冬に来ましょうよ」

「そうだな」

仲の良さそうな老夫婦がうらやましい。

健司はそっと背を向けると、自分のバイクのもとに戻った。今の相棒はこいつだけだった。

（摩周湖まで、頼むぞ）

シートを軽く撫（な）でると、またがってエンジンをかけた。

ヘルメットをかぶり、グローブをつける。気合を入れると、アクセルをゆっくり開けて再び走りはじめた。

狩勝峠をくだるほどに、気温があがっていくのがわかる。頂上付近は少し寒かったが、平地に戻ると体が楽になった。

さらに国道38号線を進み、道道75号線を左折して鹿追町（しかおいちょう）方面に向かう。そして、長閑（のどか）な田舎道をひた走り、道道１３３号線を経由して、鹿追町で国道２７４号線との交差点を左折する。

(よし、ここまで来れば大丈夫だ)

あとは国道しか走らないので、迷うことはないだろう。

時刻はちょうど昼の十二時になるところだ。北海道はさすがに広い。街と街の間が何十キロも離れている。ここで昼食を摂(と)っておかないと、次のチャンスはずいぶん先になってしまう。

(休憩がてら、なにか食ってくか……)

スピードを落として、店を探しながら街を流す。すると「豚丼」と書いてあるのぼりが目についた。豚丼といえば、十勝地方の郷土料理だ。これを食べない手はないだろう。

(よし、決まりだな)

バイクを停(と)めて食堂に入ると、迷うことなく豚丼を注文する。

昼時とあって少々混んでいるが、急ぐ旅ではないので問題ない。ぼんやり待っていると、ほどなくして豚丼と味噌汁(みそしる)が運ばれてきた。

丼飯に豚肉がたくさん載っている。彩りとしてグリーンピースがパラパラと散らされていた。豚肉は醤油(しょうゆ)ベースの甘辛いタレをつけて焼いてある。炭火の香ばしい匂いが食欲をそそった。

(いただきます)

心のなかでつぶやき、さっそくいただいた。

少し濃いめのタレがうまい。ゆっくり食べるつもりが、ついついがっついてしまう。結局、あっという間に平らげてしまった。

(ああっ、うまかった)

満足して大きく息を吐き出した。

がっつり系の豚丼はじつに美味だった。休憩を取って栄養補給もして、元気が回復した。

店を出ると、ガソリンスタンドに寄って満タンにする。これで摩周湖まで持つはずだ。まずは国道274号線を走りはじめる。直線が多く、周囲は田畑や草原ばかりだ。

(気持ちいいな……)

走りやすくて、ついついスピードを出しがちになる。

信号機もほとんどないので、こういう道は気をつけなければならない。意識的に速度を抑えて、ほかの車のうしろについて走った。

やがて国道241号線に入る。あとは道なりに進むだけだ。

街を過ぎてしまえば、長閑な景色が延々とつづいていく。歩行者はまずいないが、放牧地があるので牛はたびたび見かける。人より牛の数のほうが多いのではないかと本気で思う。

赤い三角屋根の牛舎や牧草を納めておくサイロも、北海道らしい光景だ。同じ日本とは思えないほど、ただ走っているだけで心が癒された。

(昔も、こんなに楽しかったか……)

二十四年前とは感じかたが違う気がする。

思い返そうとするが、真里の記憶が強すぎて、実際に走ったときの感覚は薄れていた。

あのころは学生だったので、今ほどストレスを抱えていなかった。だから、北海道の自由な雰囲気や自然のありがたみを、あまり感じ取れていなかったのかもしれない。

(俺、疲れていたのかもしれないな……)

自覚はなかったが、日々の仕事で疲弊していたのではないか。

今、北の大地に癒されていると感じているのだから、きっと気づかないうちに疲れをためこんでいたのだろう。

いくつか街を通過して、似たような景色が延々とつづく。足寄湖の横を走り抜けて、森のなかをひたすら進んだ。

二時間ほど経つと、さすがに感覚が麻痺して眠くなってきた。休憩しようと思うが、停車する場所がない。道路の脇に停まるのも危険な気がする。仕方なくヘルメットのなかで大声を出して、必死に眠気をごまかした。

途中でようやく脇道が現れたので、そこに入ってバイクを停める。

ようやく休憩できてほっとした。ヘルメットとグローブをはずしてバイクから降りる。凝り固まった腰を伸ばして、大きく伸びをした。

「イテテッ……ああっ、疲れた」

思わず声が漏れる。

気づかないうちに肩も凝っていた。いくら気持ちがいい道でも、さすがに長時間運転すると疲労がたまる。

時刻はもうすぐ午後三時になるところだ。

スマホの地図アプリで確認すると、阿寒湖の近くまで来ていた。今はスマホで自分の位置がすぐにわかるが、昔は道に迷うと大変だった。スマホが当たり前になってしまうと、ない生活は考えられなかった。

（あと少しだな……）

気合を入れ直してバイクにまたがる。

最初は楽しかったのに、長距離になるとだんだんつらくなってしまう。人間というのは、すぐに慣れてしまう生き物だ。楽しいこともつらいことも、連続すると麻痺してしまう。

だから、きつい仕事も慣れることができるし、楽しいことも飽きてしまうのだろう。そんなことをあらためて実感した。

再び森のなかを走る。

木々の間から降り注ぐ日の光が、少しずつ弱くなっていた。バイクは体がむき出しなので、周囲の変化に気づきやすい。日の光が弱くなれば寒くなるし、風が強ければバイクが振られる。常に自然を感じながら走るから、箱のなかにいる自動車よりも楽しかった。

午後四時半、ついに摩周湖の標識が現れた。

摩周湖には三つの展望台があるという。健司の走ってきた方向からだと、第一展望台がいちばん近い。しかし、二十四年前に訪れているので、今回は湖の裏側にある裏摩周展望台に行くことに決めていた。

道路は湖に沿っていないので、山を大きく迂回しなければならない。そのため第一展望台に向かうより、三十キロほど多く走ることになる。摩周湖を見るだけなら、どの展望台でもいいだろう。だが、遠まわりしてみるのも、たまにはいいと思う。

それに裏摩周展望台は人が少ないらしい。カップルや家族連れのなか、ひとりで観光するのは場違いな気がしてしまう。今の自分には裏摩周展望台が合っている気がした。

第一展望台に向かう道を素通りして、国道２４３号線に入る。再び森のなかをしばらく走り、途中で道道８８５号線へと左折する。裏摩周展望台の案内板は出ていないため、知らなければたどり着けない。そんなマニアックなところに向かう楽しみもあった。

さらに道道１５０号線に入る。やはり案内板の類いはない。道も思いのほか細いため、本当に合っているのか不安になる。しかも交通量が少ないので、念のためバイクを停めてスマホの地図アプリで確認した。

(間違いない。この道で合ってるはずだ)

確信して走りはじめる。

牧草地のなかを進み、やがて周囲は森になる。思っていたよりも遠い。日がさらに傾き、西の空がうっすらオレンジ色に染まりはじめた。

やがて前方に、トンネルに似たものが現れる。スノーシェルターと呼ばれるもので、豪雪地帯の暴風雪を防ぐための設備だ。道内の道路を走っていると、ときどき見かける。

夏はまったく想像がつかないが、冬になると厳しい環境になるのだろう。裏摩周展望台に向かう道路も、冬期間は閉鎖になるという。天候に関係なく通行止めになるのだから、基本的に雪が多いに違いなかった。

長いスノーシェルターを抜けたところに、ようやく裏摩周展望台の案内標識が出ていた。そこからさらに細い道路に入ってしばらく走ると、やがて小さな駐車場に到着した。

（なるほど……）

こんなに遠ければ、人が少ないのもわかる気がする。

すでに午後五時を過ぎていることもあり、白い軽自動車が一台停まっているだけだった。

2

健司はバイクを停めると、さっそく展望台に向かって歩いていく。

木製の階段を登ると、眼下に摩周湖がひろがっていた。摩周湖といえば霧が出ることで有名だが、今日は晴れ渡っている。水の透明度が高いため、見おろしていると吸いこまれそうな錯覚に囚(とら)われた。

（それにしても……）

健司は少し離れたところに立っている女性をチラリと見やる。

摩周湖よりも、彼女のことが気になった。年齢は三十代なかばといったところだろうか。

焦げ茶のフレアスカートに、白いブラウスという服装だ。

ほかに人はいないので、おそらく軽自動車の持ち主だろう。展望台の手すりを両手でつかみ、湖面をぼんやり見つめている。セミロングの黒髪が、湖畔を吹き抜ける緩やかな風に揺れていた。

鼻梁が高くて、目鼻立ちがはっきりしている。彼女のことが気になるのは、横顔が美しかったせいだけではない。湖面に向けられた瞳は澄んでいるが、深い悲しみを湛えたような表情がひっかかった。

（なにか、あったのかな？）

赤の他人だが、心配になってしまう。

なにしろ、今にも湖に飛びこみそうな雰囲気が漂っているのだ。健司が立ち去るのを待っているのではないか。そして、ひとりになったとたん、身投げをするのではないか。

（いや、まさか……）

脳裏に浮かんだ考えを否定するが、どうしても立ち去ることができない。

彼女はいつからここにいるのだろうか。少なくとも健司より先に来ているのは確かだが、湖面を見つめたまま身動きひとつしなかった。

声をかけるべきかどうか迷っていた。

ただ単に湖の美しさに見とれているだけかもしれない。そんなときに、見知らぬ中年男に声をかけられたら不愉快だろう。

（でも……）

あとになって、摩周湖で自殺者が出たというニュースを聞きたくない。あのとき声をかけていればと後悔するに決まっていた。

（やっぱり、放っておけない）

意を決して歩み寄る。

人が近づいているのは、なんとなくわかるはずだ。しかし、彼女はこちらをチラリとも見ない。あからさまに話しかけられたくないオーラを全身から発散していた。

それでも、構うことなく歩を進める。

かつて真里に助けてもらったことを思い出していた。あのとき、真里は躊躇したたろうか。困っているときに声をかけてくれたおかげで、どれほど助かったことか。感謝の気持ちが、健司の背中を押していた。

「きれいですね」

さりげなさを装って声をかける。

「えっ……」

彼女が驚いた感じでこちらを向く。怪訝な表情を浮かべて、健司の顔を見つめていた。

「あっ、違います。湖のことです」

ナンパだと勘違いしたらしい。健司が慌てて訂正すると、彼女は再び湖のほうに顔を向けた。

「そうですよね。わたしなんて……」

ひどく淋しげなつぶやきだった。

「勘違いして、バカみたい」

「あなたもおきれいですよ」

最初のひと言を間違ってしまったらしい。なんとか修正を試みるが、彼女は首を小さく左右に振った。

「いいんです。気を使っていただかなくても……どうせ、わたしなんて」

湖面を見つめて自虐的な言葉を口にする。

捨て鉢になっているのではないか。やはり、なにかあったに違いない。そう感じさせる言いかただ。

「俺、東京から来たんです。バイクでツーリングしてるんですよ」

間が空かないように語りかける。とにかく、会話をはじめるきっかけがほしかった。

「どちらから、いらっしゃったんですか？」

「釧路（くしろ）です……」

彼女は小声でつぶやいた。

人を寄せつけない雰囲気を漂わせているが、質問をすればきちんと答える。どこかつかみどころのな女性だった。

「釧路というと、地元の方ですか？」

だいたいの場所はイメージできるが、距離感がまったくわからない。摩周湖からだと、それほど離れていない気がした。

「地元といえば地元ですけど……ここから百キロくらいです」

彼女の声はさらに小さくなっている。

思っていたよりも遠かった。百キロも離れていたら、関東ではまず地元と言わない。北海道では地元の範囲に入るのだろうか。なにか的外れなことを言ってしまった気がして、健司は慌てて話題を変えた。

「よく来るんですか」

「いえ……夫がいますから」

どうやら、人妻らしい。

人妻が自宅から百キロ離れた場所にひとりでいる。しかも、すでに夕方五時をまわっていた。

（なにかおかしいな……）

そう思った直後だった。

「うっ……うぅっ」

突然、彼女が嗚咽（おえつ）を漏らしはじめた。

なにが起きたのかわからない。健司が困惑して固まると、彼女は両手で顔を覆い隠してしゃがみこんだ。

「あ、あの、大丈夫ですか？」

ようやく健司は歩み寄り、彼女のかたわらで片膝をつく。そして、逡巡（しゅんじゅん）しながらも、震える肩にそっと手を伸ばした。

「あっ……」

軽く触れた瞬間、女体が驚いたようにピクッと震える。

だが、緊張が走ったのは一瞬だけで、彼女はすぐに力を抜いて、嗚咽を漏らしつづけた。

健司は黙って彼女が落ち着くのを待った。この状態で話しかけても、答えることはできないだろう。涙を流すことで、心が平穏を取り戻すこともある。つらいときは、無理に涙をこらえる必要はないと思う。

しばらくすると、嗚咽が小さくなり、やがて治まった。

「すみません……突然、泣いたりして」

彼女は顔をあげると、目もとの涙を指先でそっと拭う。そして、淋しげな笑みを浮かべた。

「泣きたいときは、思いきり泣いたらいいんです」

「おやさしいんですね」

「いえ……泣きたいときに邪魔をしてすみませんでした。おひとりのほうがよかったですよね。なんとなく心配だったので、お節介とは思いましたが話しかけてしまいました」

健司が正直に話すと、彼女は意外そうな顔をした。

「わたし、危なそうに見えましたか？」

「お悩みがあるのかと……」

オブラートに包んで答える。

自殺しそうで心配だったとは言えない。だが、彼女はすべてを見透かされたと思ったのか、頬の筋肉をひきつらせた。

「わかるんですね。夫はなにも気づかなかったのに……」

どうやら、夫となにかあったらしい。夫婦喧嘩(げんか)でもしたのだろうか。

「俺でよかったら話を聞きますよ。誰かに話してすっきりすることもあるじゃないですか」

「でも、ご迷惑では……」

「予定を決めない気ままなツーリングですから、まったく問題ないです」

負担にならないように、意識して軽い口調を心がける。すると、彼女は少し考えるような顔をしてからうなずいた。

「それでは、お言葉に甘えて……ここから車で少し行ったところに、レストランがあるんです」

「いいですね。そこに行きましょう」

話の流れで、いっしょに食事をすることになった。

そろそろ腹が減ってきたところなので、ちょうどいいだろう。ただ今夜の宿を決めていないのは気になった。

（大きな街まで行けば……）

ビジネスホテルなら、遅くなっても泊まれるだろう。だが、このあたりの大きな街がわからなかった。

とりあえず、彼女の車のうしろをバイクで走り、レストランまでついていくことになった。

3

（思ったよりも遠かったな……）

四十分以上は走ったと思う。

ここは弟子屈町（てしかがちょう）のレストランだ。彼女の口ぶりだと、すぐ近くという感じだった。やはり北海道の人の感覚は違う。そのことをすっかり忘れていた。

しかし、いいこともあった。

彼女の宿泊しているホテルがすぐ近くで、試しに問い合わせると空室があるという。それならばと、健司もそこに泊まることにした。

本日の走行距離は三百四十キロ。予定よりもたくさん走った。

ふたりとも車とバイクをホテルの駐車場に置いて、徒歩でレストランに向かった。若い夫婦が経営している小さな店で、落ち着いた雰囲気だ。

彼女はナポリタン、健司はハンバーグ定食、さらに酒が入ったほうが話しやすいと思って、赤ワインをボトルで注文した。

すぐにワインが出てきたので、さっそく飲みながら話す。まずは簡単に自己紹介をすませた。

彼女は本木美佐子(もときみさこ)、三十五歳の人妻だという。夫は開業医で、地元では名士ということになっているが、看護師と浮気をしているらしい。

「結婚して十年になるんです。わたしが妊娠しているときに浮気をして、今までずっと関係がつづいていたんですよ。ひどいと思いませんか」

美佐子の口調は淡々としているが、強い怒りが滲(にじ)んでいる。

薄々おかしいと思っていたが、気づかないふりをしていたという。九歳になる息子がいるので、家庭を壊したくないという気持ちもあった。しかし、夫の帰りが毎晩のように遅くなったので、我慢できずに問いただしたという。

「あの人、開き直って愛人がいることを打ち明けたんです。わたしが離婚できないと思って……」

美佐子は悔しげに下唇を噛(か)みしめた。

専業主婦で子供がいるため、なかなか離婚ということにはならないだろう。夫はそれを見越していたに違いない。

美佐子はささやかな抵抗として、一泊だけ旅行することを夫に同意させたという。そして、釧路から摩周湖にやってきた。夫がひとりで息子の世話をするのは今夜がはじめてらしい。

（最低の夫だな……）

こういうとき、どんな言葉をかければいいのだろうか。

健司が言いよどんでいると、料理が運ばれてきた。おかげで無言にならずにすんだ。

「健司さん、聞き上手ですね」

美佐子がぽつりとつぶやいた。

「わたしが愚痴をこぼしても、黙って聞いてくれるじゃないですか。これが夫だったら、頭ごなしになにか言ってますよ」

「いや、俺は別に……」

なにも思い浮かばなくて無言になっただけだが、美佐子は好意的に受け取ってくれた。無理にしゃべらなくて正解だったかもしれない。こういうときは聞き役に徹するのがいいようだ。

ワインを飲んで、おいしい料理を食べる。時間の経過とともに、美佐子の機嫌がよくなってきた。

「健司さんの奥さまがうらやましいです」

美佐子の頬はほんのり赤く染まっている。少し酔っているようだ。

「じつは独身なんです」

あえて言う必要もないと思って黙っていたが、嘘をつくつもりはない。正直に伝えると、彼女は目を見開いた。

「意外です。素敵な方なのに」

そう言った直後、自分の言葉に照れたのか、美佐子の頬がさらに赤くなった。

「いえ、本当に素敵だったら、とっくに結婚できてますよ」

若いころは恋人よりも仕事を優先していた。その結果、婚期を逃して、いまだに独り身のままだ。まったく自慢できることではなかった。

「女性の気持ちをなにもわかっていなかったんです。この年になって気づいても手遅れですけどね」

自嘲的につぶやくと、すかさず彼女が首を左右に振る。そして、身を乗り出すようにして、まっすぐ見つめた。

「手遅れなんてことないと思います。いくつになっても、恋はできますよ」

思いがけず美佐子が熱く語りかけてくる。その言葉は健司の胸にすっと流れこんだ。

「いくつになっても……」

彼女の言葉をくり返す。すると、真里の顔が脳裏に浮かんだ。

(そうだよな。会う前からあきらめる必要はないんだ)

そう考えると、胸の奥にこみあげるものを感じた。

会って駄目なら仕方がない。そのときは思いきり落ちこめばいい。でも、会う前からあきらめるのは違う気がした。

「わたし、なにを偉そうに……ごめんなさい、少し酔ったのかも」

美佐子が恥ずかしげに肩をすくめて微笑を浮かべる。

夫の浮気のことは、もう大丈夫なのだろうか。泣いているより、やはり笑顔が素敵だと感じた。

「では、そろそろホテルに戻りましょうか」

健司が提案すると、彼女はこっくりうなずいた。

(今夜はぐっすり寝ておかないとな)

心は早くも明日に飛んでいる。

明朝、いよいよ襟裳岬に向かう予定だ。二十四年前、真里と出会った場所を再び訪れる。そう思うだけで、胸の鼓動が高鳴った。

4

「もう少し、いっしょに……」

美佐子が頬を赤らめてささやいた。

レストランからホテルまで歩いて戻り、彼女を部屋まで送った。そして、ドアの前で別れを告げようとしたとき、手をすっとつかまれた。

「どうされました？」

とまどって尋ねると、美佐子は恥ずかしげに顔をうつむかせる。そして、健司の胸板に額をちょこんとあずけた。

「お願いです。もう少しだけ、いっしょにいてください」

美佐子は目を合わせることなくつぶやいた。

耳までまっ赤に染まっている。きっと勇気を振り絞って誘ったのだろう。ひとりになると思ったら、淋しさがこみあげてきたのかもしれない。そんな彼女を突き放すことはできなかった。

「それじゃあ、缶ビールでも飲みましょうか。エレベーターのところに自販機がありましたよ」

少し話をすれば落ち着くかもしれない。ところが、彼女はうつむいたまま首を左右に振った。

「ただ、いっしょに……」

切実な声が健司の心を揺さぶる。

口ではいっしょにいたいだけと言っているが、男と女が密室でふたりきりになるのだ。言葉どおりではなないだろう。

「美佐子さん、本気ですか？」

「わたし……こうでもしないと……」

美佐子が顔をあげる。

瞳は潤んでいたが、強い決意が滲んでいた。

やはり健司に抱かれるつもりだ。そこに恋愛感情はいっさい存在しない。だからこそ、抱かれることを望んでいる。行きずりの男と肌を重ねることで、夫の不貞を許すつもりなのではないか。

（きっと、子供のために……）

そんな気がしてならない。

なんとかして、夫とやり直すつもりでいるのだろう。だが、そう簡単に許せるものではないはずだ。

自分も不貞を働くことで、意趣返しをするつもりなのか。それとも、夫と同じ立場になることで、怒りを鎮めるつもりなのか。いずれにせよ、夫以外の男との性交を望んでいるのは間違いなかった。

「わかりました。あなたが望むなら……」

健司も男だ。理由はどうあれ、美しい人妻に誘われて悪い気はしない。こんな機会は二度とないかもしれないのだ。抱けるものなら抱きたかった。

「ありがとう……ございます」

美佐子の声は消え入りそうなほど小さい。キーを取り出すが、指が震えてなかなか鍵穴に差しこむことができなかった。

ようやく解錠してドアが開く。美佐子はうつむいたまま部屋に入り、健司は無言であとにつづいた。

美佐子は部屋の奥に進み、カーテンを閉じると、明かりをサイドスタンドだけにする。飴色の光がベッドをぼんやり照らすことで、いよいよ淫靡な雰囲気が濃くなった。

「あんまり、見ないでください」

美佐子は独りごとのようにつぶやいた。そして、健司に背中を向けた状態で服を脱ぎはじめる。

ブラウスを取り去り、スカートを脚から抜き取った。前屈みになりながら、ストッキングをゆっくりおろしていく。これで女体にまとっているのは、ベージュのブラジャーとパンティだけになった。

生活感のある下着が妙に生々しい。人妻の匂いがプンプン漂ってきそうで、健司のペニスは早くも芯を通しはじめていた。

「健司さんも……」

美佐子がチラリとこちらを見て、小声で告げる。

自分だけ肌をさらしているのが恥ずかしいのだろう。そう言われて、健司も慌ててTシャツを脱ぎ捨てる。男がためらっているのは格好悪いので、ジーンズとボクサーブリーフを一気にまとめておろした。

そそり勃ったペニスが跳ねあがり、下腹部をペチンッと打った。我ながら雄々しい肉棒だ。思いがけず人妻を抱けることになって、卑しくも興奮していた。

（まさか、こんなことになるとはな……）

愚息を見おろして苦笑が漏れる。

真里のことを忘れたわけではない。誠意に欠けていると指摘されればそのとおりだ。

しかし、自分はただの中年男であって、聖人君子ではない。据え膳食わぬは男の恥ともいう。これは人助けだと自分に言い聞かせて、ブラジャーのホックをはずしている美佐子に歩み寄った。

「あっ……け、健司さん」

背後から肩に手を置くと、女体にビクッと震えが走る。美佐子は怯えたような顔で振り返ると、健司の股間に視線を向けた。

「ウ、ウソ……」

はっとした様子で口もとに手をやる。

慌てて視線をそらすが、瞳が「大きい」と告げている気がした。彼女が驚いたことで誇らしい気持ちになり、ますます興奮がふくれあがる。ペニスは己の下腹部にめりこみそうなほど反り返った。

「下は俺が脱がしてあげますよ」

彼女のくびれた腰に両手を添える。軽く触れただけなのに、またしても女体が小さく跳ねた。

「だ、大丈夫です、自分で脱げますから」

美佐子の声はどんどん小さくなっていく。

ブラジャーを取り去り、両腕で乳房を抱くようにして隠している。背中を向けた状態で、肩をすくめて羞恥に震えているのだ。そうやって恥じらう姿が、牡の劣情を煽り立てた。

「遠慮しなくてもいいですよ」

健司は腰に添えた両手をゆっくり下へと滑らせる。パンティのウエスト部分に触れると、指先を潜りこませて布地を引きさげにかかった。

「あっ……あっ……」

美佐子の唇から小さな声が漏れている。

パンティをじりじりとずらしているだけだが、まるで愛撫されているような反応だ。乳房を抱いたまま、くびれた腰をせつなげに揺らしている。同時に内腿（うちもも）を焦（じ）れたように擦（こす）り合わせていた。

（もしかしたら……）

恥じらいながらも興奮しているのかもしれない。

そもそも彼女のほうから誘ってきたのだ。切実な事情があるとはいえ、行きずりの男とセックスをする心づもりはできている。今さら健司が遠慮をする必要はなかった。

指先にパンティをからめた状態で、さらに両手を下へと滑らせる。臀裂（でんれつ）が少しずつ露になり、むっちりした尻肉も見えてきた。

「ああっ、恥ずかしいです」

美佐子がため息にも似た声を漏らす。

健司はますます興奮して、彼女の背後でしゃがみながら、パンティを太腿まで引きおろす。ついに尻がむき出しになり、美佐子は右手をまわして臀裂を覆い隠した。

「そんなに近くから……」

「見せてください。美佐子さんのすべてが見たいんです」

彼女の手首をつかんで、尻から引き剝がす。そして、再び露になった臀裂に顔を寄せると、熱い息をフーッと吹きかけた。

「あンンっ」

くびれた腰が艶(なま)めかしく揺れる。

どうやら身体(からだ)は敏感らしい。内腿を擦り合わせて、尻たぶが小刻みにプルプル震えた。

健司は欲望を昂(たかぶ)らせながら、パンティを足首まで引きさげる。すると、美佐子は自ら片足ずつ持ちあげて、最後の一枚を脱ぎ去った。これで女体に纏(まと)っている物はなにもない。全裸になった人妻が目の前に立っていた。

「シャワーを……」

美佐子が懇願するような声でつぶやく。

こちらに背中を向けたまま、肩をすくめて顔をうつむかせている。さまざまな思いが胸を去来しているに違いない。他人に裸体をさらす羞恥、これから不貞を働く不安、見知らぬ男に抱かれる微(かす)かな期待。震える女体から、それらが手に取るように伝わってきた。

「先にシャワーを……」

「あとでいいじゃないですか」

健司は立ちあがると、彼女の肩に手をかけて正面を向かせる。

これから抱く人妻の裸体を、目にしっかり焼きつけておきたい。美佐子は顔を赤くして乳房と股間を隠しているが、その手を引き剝がして気をつけの姿勢を強要した。

「隠さないでください」

「ああっ……」

羞恥の喘ぎ声とともに、下膨れした大きな乳房が露になる。

人妻の裸体は匂い立つようで、むしゃぶりつきたい衝動がこみあげた。肌が白いため、乳輪と乳首の濃い紅色が強調されている。下半身に目を向ければ、陰毛が自然な感じで濃厚に生い茂っていた。

「そ、そんなに見ないでください……」

美佐子は泣きそうな声でつぶやくが、それでも両手をまっすぐ下におろしている。しかし、健司の熱い視線が柔肌を這いまわるたび、じっとしていられない感じで腰をしきりにくねらせた。

「お、お願いですから、もう……」

「隠したらダメですよ。これからセックスをするんですから」

あえて直接的な単語を口にする。

そうすることで、美佐子が恥じらう表情を見てみたい。彼女がマゾっぽい反応をするから、健司のなかの牡の血が沸き立っていく。もっといじめて喘がせたいと思ってしまう。

「ほら、これが奥さんのなかに入るんですよ」

わざと「奥さん」と呼び、これから不貞を働くことを意識させる。そして、健司は股間を突き出すようにして、勃起したペニスを見せつけた。

「そ、そんな……」

美佐子は両手で顔を覆って視界を遮る。

夫以外の男とセックスすることを実感したのかもしれない。だが、後悔しているわけではないようだ。それどころか期待しているのではないか。その証拠に指の間から、ペニスをしっかり見つめていた。

「どうです。大きいでしょう？」

健司はなおも股間を突きあげて、美佐子の困惑する反応を楽しんだ。

「旦那さんと比べて、どうですか？」

「わ、わかりません……」

「それなら触ってみてもいいですよ」

彼女の手を取り、無理やりペニスを握らせる。ほっそりした指を己の太幹に巻きつけると、そのうえから押さえつけた。

「あ、熱いです」

美佐子が顔をまっ赤にしながら答える。

「大きさはどうですか？」

「そ、それは……」

口にするのは憚られるらしい。美佐子は困惑するばかりで、明確に答えようとしなかった。しかし、もう健司が押さえていないのに、ペニスをしっかり握りしめたまま離さなかった。

興奮しているのは同じらしい。

それならばと、健司も彼女の股間に手を伸ばす。右の手のひらを陰毛がそよぐ恥丘に重ねて、指を内腿の隙間に滑りこませる。そして、秘められた女の割れ目にそっとあてがった。

「あンンっ」

美佐子の唇から甘い声が漏れる。

指先に触れた陰唇は、すでにぐっしょり濡れていた。とっくに準備は整っていたらしい。軽く指を曲げて圧迫すれば、陰唇の狭間にヌプッと沈みこむ。それと同時に膣から大量の蜜汁が溢れ出た。

「ああっ、ダ、ダメです」

美佐子は眉を八の字に歪めると、内股になって健司の指を締めつける。両手で手首をつかんで訴えるが、感じすぎているためなのか、まったく力が入っていなかった。

「い、挿れないでください」

「でも、ここは悦んでいるみたいですよ」

指先を軽く出し入れすれば、ピチュッ、クチュッという湿った音が確かに聞こえた。

「あンっ、い、いや……」

「いやなら、やめましょうか」

指を動かしながら、意地悪くささやく。さらには左手で乳房を揉みあげて、柔肉に指をめりこませた。

「ンンっ……い、いじめないでください」

腰をしきりによじり、潤んだ瞳で懇願する。そんな美佐子の表情が、ますます牡の劣情を沸き立たせた。

「もう我慢できないってことですね」

健司は勝手に解釈すると、人妻の裸体をベッドに押し倒した。

5

美佐子の熟れた女体が、白いシーツの上で仰向けになっている。

柔らかい乳房にくびれた腰、むっちりと大きい尻も魅力的だ。情の深さを示すように、恥丘を漆黒の陰毛が彩っていた。

「奥さんを見ていると、もっといじめたくなるよ」

健司は彼女の膝を押し開くと、股間に顔を寄せていく。

赤黒くて少し形崩れした陰唇が生々しい。子供を生んだ人妻の割れ目は、みているだけで我慢汁が溢れるほど、健司の心をかき乱す。すぐにでも挿入したい気持ちを抑えて、舌を伸ばしながらむしゃぶりついた。

「あああっ、い、いやぁっ」

口では抗(あらが)っているが、もちろん本気で抵抗することはない。それどころか、歓迎するように股間を突きあげて、口での愛撫を受け入れていた。

「すごく濡れてますよ。奥さんのここ……うむっ」

健司は女陰を口に含んではクチュクチュしゃぶり、とがらせた舌先を膣口に埋めこんだ。

人妻の愛蜜は濃厚な味わいだ。シャワーを浴びていないこともあり、牝(めす)の匂いが色濃く漂っている。これまでにない興奮で、頭のなかが燃えあがったような状態になっていた。

「ああっ、ダ、ダメです、あああっ」

陰部を舐(な)めまわすほどに美佐子の抵抗は薄れていく。いつしか両手で健司の頭を抱えこみ、甘ったるい声を漏らしていた。

「こんなに濡らして、気持ちいいんですね」

「い、いやです、言わないでください」

美佐子が腰をよじり、濡れた瞳で見つめている。指摘されたことで、新たな愛蜜が溢れ出した。

「たまらないんでしょう。挿れてほしいんですか?」

「い、言えません……そんなこと」

「じゃあ、ずっとこのままですよ」

硬くなったクリトリスに舌を這わせて、ネロネロと転がす。愛蜜と唾液を塗りつけては、やさしく吸いあげることをくり返した。

「あっ……ああっ……ダ、ダメぇっ」

美佐子がどんどん昂るのがわかる。

だが、舌先をすっと離して、決してイカせることはない。絶頂をおあずけにして、再びクリトリスをねちねち舐めまわす。そうやってイクにイケない中途半端な快感を与えつづける。

「そ、そんな……ああっ」

「正直になったらどうですか。挿れてほしいんですよね」

クリトリスを吸いながら問いかける。すると、美佐子は観念したようにガクガクとうなずいた。

「ほ、ほしい……ああっ、挿れてください」

ついにおねだりの言葉を口にすると、はしたなく股間を突きあげる。そんな美佐子の姿を目の当たりにして、健司の欲望も最高潮に達していた。

「挿れてあげますよ。うしろを向いてください」

バックから貫きたい。こういうマゾっ気の強い人妻は、うしろから思いきり犯したかった。

「こ、こうですか?」

美佐子はおずおずと四つん這いになる。

肘までシーツにつけて頭を低くすることで、背中が弓なりのカーブを描くのが美しい。高く掲げた尻たぶはむっちりしており、早く犯してくださいと訴えているようだった。

「素直になりましたね」

健司は彼女の背後で膝立ちになると、両手で尻を抱えこむ。そして、ペニスの先端を女陰にあてがった。

「あ、あの……」

美佐子が慌てたように振り返る。

ここまで来て、今さら怖(お)じ気(け)づいたのだろうか。ところが、女体は完全に発情しており、内腿まで愛蜜で濡れていた。

「久しぶりなんです……だから、ゆっくり……」

言いにくそうにつぶやき、健司の目をじっと見つめる。

どうやら、夫とはセックスレス状態らしい。夫の性欲は愛人だけに向いているのだろう。相手にされていない美佐子が憐(あわ)れでならなかった。

「じっくりやさしく犯してあげますよ」

健司はくびれた腰をつかむと、ペニスを慎重に押し進める。膣口にヌプリッと埋まり、やがて亀頭が完全に沈みこんだ。

「あううッ、お、大きいっ」

女体が驚いたように硬直する。張りつめた亀頭が入ったことで、膣襞(ひだ)がいっせいにザワついた。

「くううっ」

健司も思わず呻(うめ)き声が漏れる。

強烈な締めつけだ。久しぶりのセックスなので、より反応が顕著なのかもしれない。膣口が収縮して、カリ首にしっかりめりこんでいた。

「ゆっくり挿れますよ」

声をかけてから、ペニスをじわじわと埋めこんでいく。ゆっくり腰を押しつけて、やがて長大な肉棒をすべて挿入した。

「ああッ、こ、こんなに、いっぱいに……」

美佐子はとまどいながらも、腰を微かに揺らしている。

時間をかけた挿入がよかったのかもしれない。膣とペニスが、いい具合になじんでいた。

「どうです。大きいでしょう」

背中に覆いかぶさると、両手を前にまわして乳房をこってり揉みあげる。コリコリになった乳首をつまみあげれば、膣がキュウッと締まってペニスを思いきり絞りあげた。

「ああンっ……お、大きいです」

「旦那さんと比べたら、どうですか?」

不貞していることを意識させることで、背徳感を刺激する。すると、思ったとおり、腰のくねりが大きくなった。

「そ、そんなこと、わかりません」

「動かせばわかるかもしれませんね」

腰をゆっくり振りはじめる。

ペニスをじりじりと引き出して、亀頭が抜け落ちる寸前でいったんとめる。そして、再び焦れるような速度で根もとまで埋めこんだ。

「はンンっ……なかが擦れちゃう」

「擦れるのが、気持ちいいんでしょう？」

耳もとでささやき、熱い吐息を吹きかける。耳たぶを口に含んで甘噛みすれば、女体に小刻みな震えが走り抜けた。

「い、いい……ああっ、気持ちいいです」

美佐子の声が牡の興奮を煽り立てる。

自然とピストンが速くなり、ペニスで膣のなかをかきまわす。カリで襞を擦りあげれば、女壺全体が激しくうねりはじめた。

「ああっ、いいっ……はああッ」

喘ぎ声が大きくなる。愛蜜の量も増えており、結合部分から湿った音が響きわたった。

「ううッ、俺も気持ちいいですよ」

「あッ……あッ……いいっ、いいですっ」

「おおおッ……おおおおッ」

美佐子が感じてくれるから、健司の快感もふくれあがる。白い首すじにむしゃぶりついて、ペニスを力強く出し入れした。

「はあァッ、す、すごいですっ、あああァッ」

「うしろから犯されるのが好きなんですね」

「は、はい、もっと……もっと犯してください」

美佐子は夫以外の男とのセックスに酔っている。犯してくださいとせがみ、牡の劣情を煽るように腰を振りはじめた。

「奥さんっ……ぬおおおッ」

健司は唸り声をあげながら腰を振る。欲望にまかせて、ペニスをグイグイ出し入れした。

「ああァッ、す、すごいっ、激しいっ」

「くうう ッ、き、気持ちいいっ」

ふたりして背徳的な快楽に溺れていく。

健司は人妻を犯すことで昂り、美佐子は夫以外の男に犯されることで濡らしている。いけないことをしていると意識しているからこそ、ますます燃えあがってしまう。ふたりは異常な状況のなか、絶頂を求めて腰を振り合っていた。

「も、もうダメですっ、はあああッ、イッちゃうっ」

「いいですよ、夫以外のチ×ポでイッてくださいっ」

「あああッ、言わないでっ、イクッ、イクイクッ、はあああああああッ！」

ついに美佐子が絶叫にも似たよがり泣きを響かせる。

四つん這いの裸体をガクガク震わせて、尻を後方に突き出しながらエクスタシーの嵐に呑みこまれた。

「くおおおッ、で、出るっ、奥さんのなかに……ぬおおおおおおおッ！」

もう、これ以上は我慢できない。人妻の尻を抱えこみ、ペニスをいちばん深い場所にたたきこんで射精する。熱い媚肉の感触がたまらない。全身を波打たせながら、全力で精液をほとばしらせた。

「き、気持ちいいっ、くううううッ」

獣のように唸り、二度、三度とまるで間歇泉のようにザーメンを放出する。凄まじい快感だ。人妻との禁断のセックスで、頭のなかがまっ白になるほどの快楽を享受した。

ペニスを埋めこんだ状態で、最後の一滴まで注ぎこむ。長い長い射精が終わると、硬直していた美佐子がばったりと突っ伏した。

（ああっ、最高だった……）

健司は女体に折り重なるように倒れこみ、ただハアハアと荒い呼吸をくり返している。

なにか言葉をかけたほうがいいのかもしれない。だが、絶頂の余韻で頭の芯まで痺(しび)れきっている。懸命に考えるが、なにも浮かばない。そんなことをしているうちに、意識がスーッと闇に呑みこまれていった。

第五章　幻想の襟裳岬

1

「健司さん、起きてください」

遠くでやさしげな声が聞こえた。

肩をそっと揺すられて、意識が深い眠りの底からゆっくり浮上する。重い瞼(まぶた)を開けば、窓から射(さ)しこむ眩(まばゆ)い光が部屋のなかを満たしていた。

「おはようございます。朝ですよ」

美佐子が笑みを浮かべている。

シャワーを浴びたらしく、髪はきれいにセットされていた。身なりも整えており、すぐにでも出かけられる状態だ。

「あっ……おはようございます」

健司はすぐに状況を把握して、小声で挨拶を返した。

昨夜、セックスをしたあと、そのまま眠ってしまったのだ。しかも、まだ裸だということに気づいて慌ててしまう。脱ぎ捨てた服を探すと、きちんと畳んで枕もとに置いてあった。

「すみません、こんなことまでしてもらって……」

謝罪しながら急いで服を身につけていく。

自分の客室に戻らず、呑気（のんき）にねていたとは最低だ。昨夜の横暴な振る舞いも脳裏によみがえり、申しわけない気持ちが胸にこみあげる。ばつが悪くて、早く逃げ出したい衝動に駆られた。

「いいえ、こちらこそ、昨夜はありがとうございました」

美佐子が丁寧に頭をさげる。

昨夜とは打って変わり、落ち着いた表情だ。夫以外の男と身体（からだ）を重ねたことで、なにか吹っきれたのかもしれない。

「じつは、今朝、夫からメールがあったんです。息子の世話をひとりでするのははじめてだったから、大変だったみたいです。キミの苦労も知らずに僕が悪かった。早く帰ってきてほしいって」

「それは意外な……いや、失礼」

つい口が滑ってしまった。せっかく夫が謝罪したのだから、よけいなことを言うべきではなかったと反省した。

「意外ですよね。少しは主婦業の大変さをわかってくれたみたいです。ほとぼりが冷めたら、また浮気するとは思いますけど」

そう言いながらも美佐子の表情は晴れやかだ。

多少なりとも夫が共感してくれたことがうれしかったのだろう。夫は開業医で地元の名士だというが、もしかしたら専業主婦を蔑(ないがし)ろにするところがあったのではないか。

浮気をされたことだけではなく、主婦の大変さをわかってくれない苛立(いらだ)ちが大きかったのかもしれない。やはり女性は共感を求めるものなのだろう。美佐子を見ていると、そんな気がしてならなかった。

「わたし、帰ります。ありがとうございました」

「ありがとう」

これ以上、語る必要はない。

健司も礼を言うと、美佐子といっしょに部屋を出る。笑顔でお別れだ。もう二度と会うことはないだろう。彼女はそのままチェックアウトして、健司はいったん自分の客室へと戻った。

旅というのはハプニングの連続だ。

なにも決めていない行き当たりばったりの旅なら、なおさらだ。北海道に来てから、もうふたりの女性とセックスしている。東京で普通に暮らしていたら、まずあり得ないことだった。

チェックアウトの時間が迫っている。

急いでシャワーを浴びて、髪を乾かす余裕もないまま服を着る。とにかく、荷物をまとめて出発準備を整えた。

今日はいよいよ襟裳岬に向かう。

緊張と不安、それに期待が入りまじっている。真里はどんな生活を送っているのだろうか。とにかく、行ってみなければはじまらない。今日も安全運転を心がけて、かつて想(おも)いを寄せていた人のいる民宿を目指すつもりだ。

チェックアウトをすませると、いつもどおりコンビニでおにぎりとお茶を購入する。極度に緊張しているせいで食欲はない。しかし、バイクで長距離を走ることを考えると、エネルギーを補給しておく必要があった。

お茶で無理やりおにぎりを流しこむと、ガソリンスタンドに立ち寄る。バイクにガソリンを入れて、いよいよ出発だ。

（よし、頼むぞ）

愛車ＣＢ１０００のガソリンタンクを撫でると、心のなかで声をかけた。

まずは道道53号線を南下する。片側一車線の比較的狭い道路だ。弟子屈の街を出て少し進むと、すぐに周囲は林になった。

ときおり家を見かけたが、どんどん数が減っていく。突然、林が途切れたと思えば牧草地がひろがった。

そういえば、しばらく信号機を見ていない。脇道もほとんどなければ建物もないのだから、当然といえば当然だ。いかにも北海道らしい道路だが、毎日、似た景色が多いので感動は減っていた。

（人って慣れるもんなんだな……）

ふとそんなことを思う。

澄みわたった空に広大な牧草地、どこまでもつづく直線道路。最初はなにを見ても感動していたが、今はすっかり慣れてしまった。きっと地元の人にとっては当たり前の光景なのだろう。

男と女も同じ気がする。

大恋愛のすえに結婚しても、いっしょに暮らしているうちに慣れてしまう。飽きるとは言わないまでも、当たり前になってしまうのだろう。

（どうすれば、うまくいくんだろうな）

結婚さえしたことのない健司には、まったくわからない。真里に会えたとしても、その先のことなど想像すらつかなかった。

一時間ほど走り、鶴居村に入っていた。鶴居村は村名のとおり、特別天然記念物のタンチョウヅルが飛来することで知られている。しかし、今は時季はずれで、残念ながら見ることができなかった。

釧路湿原が近づくにつれて、徐々に交通量が増えてくる。建物もちらほら見かけるようになってきた。

左手に釧路湿原があるはずだが、木々が生い茂っており、道路から見ることはできない。二十四年前はそれほど興味がなくて素通りしたはずだ。でも、今回はせっかくなので寄ることにした。

早く真里に会いたい気持ちもあるが、まだ心の準備ができていない。このあたりで休憩をとり、いったん心を落ち着かせたかった。

正午前、釧路市湿原展望台の駐車場に到着した。さっそく入館料を払って、展望台に足を踏み入れた。

広大な釧路湿原を堪能するには、遊歩道を散策するのがおすすめだという。遊歩道の先に絶景スポットがいくつかあるようだ。しかし、一周は約二・五キロあり、歩くと小一時間かかるらしい。

（さすがに、ちょっと……）

案内板の前で悩んでしまう。

休憩するつもりで立ち寄ったが、いくらなんでもそこまでのんびりする気にはなれない。しかも一周する途中には、吊り橋や階段などもあり、多少なりとも体力を使うようだ。

（でも、なにも見ないのも、もったいないな……）

この先、いつ来ることができるかわからない。

案内板をよく見ると、サテライト展望台というところまでなら片道一・一キロで、歩道はバリアフリーになっているという。

それなら、楽に歩けるかもしれない。疲れたら途中で戻るつもりで向かうことにする。

さっそく散策路を歩きはじめる。木製の遊歩道が森のなかにつづいていた。確かに歩きやすい道だ。緑の香りも心地よくて、なんとなく歩を進めていく。すると、思ったよりも早くサテライト展望台に到着した。

森が開けたと思ったら、目の間に広大な釧路湿原がひろがった。

(おおっ、これが湿原か……)

思わず腹のなかで唸り、目を大きく見開いた。

湿原というのがどういうものなのか、今の今までわかっていなかった。北海道に来てから、放牧地や牧草地をたくさん目にしてきたので、もはや感動することはないと思っていた。

ところが、釧路湿原はこれまでとはまったく異なる感動があった。

放牧地や牧草地は人が手入れしたものだが、釧路湿原は自然そのものだ。木や草が鬱蒼と茂っており、それを展望台から見おろしている。しかも、怖くなるほど広大だ。

なにかの間違いで迷いこんだら、一生抜け出せないのではないか。本気でそう思うほどひろかった。

北海道は奥が深い。まだまだ感動することがありそうだ。

しかし、あまりのんびりしている時間はないので。遊歩道を引き返す。一周するコースは、いつか再び訪れるときに取っておくことにした。

駐車場に戻ったときには、全身がじっとり汗ばんでいた。

結局、なんだかんだで一時間近くいたのではないか。もうすぐ午後一時になろうとしていた。

バイクにまたがり、道道53号線を進んで、国道38号線との立体交差点を右折する。久しぶりの国道だ。例によって周囲にはなにもないが、片側二車線の広い道路で走りやすい。しかも、信号がまったくないため、まるで高速道路を走っているようだ。

（気持ちいいな。やっぱり北海道はこれだよな）

直線道路をのんびり流す。

速い車が追い越し車線を猛スピードで走っていく。だが、健司はマイペースで走りつづける。スピードを出す必要はない。むしろ、ゆっくりのほうが、空の青さや木々の緑を堪能できる。風の色まで見えそうな気がした。

（俺、少しやさしくなったかもな……）

心が穏やかになっているのを感じる。

こうして、のんびり旅をしている時間が癒しになっているのは間違いない。思い返せば、東京ではいつも時間に追われていた。仕事なのだから仕方ない部分はあるが、心にまったく余裕がなかった。

以前は出世することしか考えていなかった。

しかし、今はあくせく働くだけの人生は違う気もする。これまでの自分を否定するつもりはないが、別の生きかたもあったのではないか。そんなことをぼんやり考えていた。

やがて国道は左に大きくカーブする。そのまま道なりに走っていくと、潮の香りがふわっと鼻先をかすめた。

（海の匂いだ……）

そう思った直後、左手に太平洋がひろがった。

考えてみれば、フェリーで小樽に上陸してから海沿いの道は走っていない。森のなかの道が多かったので新鮮な気がする。潮の香りを感じながら走るのもいいものだ。

やがて車線が減って片側一車線になってしまうが、相変わらず信号がないので快調に流れている。

（今日はいくらでも走れそうだな）

ペースがいいので、距離を走っているわりには疲れない。

バイクは発進と停止をくり返すと、自動車を運転するよりもはるかに疲労がたまる。二輪なので、ある程度スピードを出さないと安定しない。低速だとバランスを取る必要があり、全身の筋肉を使うのだ。

白糠(しらぬか)駅の近くになると、久しぶりに信号機があった。民家も現れて、コンビニの看板が見えた。

（今のうちに休んでおくか）

ウインカーを出すと、コンビニの駐車場に乗り入れる。

それほど疲労を感じていないが、あとでどっと来ることもめずらしくない。北海道の場合、街と街の間が何十キロも離れていることがある。休む場所が見つからないと大変なので、小まめな休憩は大切だ。

（もう、こんな時間か……）

時刻は午後二時になっていた。

時刻を確認したことで、まだ昼飯を食べていなかったことを思い出す。コンビニでトイレを借りると、サンドウィッチと缶コーヒーを購入した。

サイドスタンドを立てたバイクを眺めながら、駐車場の車止めに座ってサンドウィッチを頬張る。無糖の缶コーヒーを飲んでいると、自然と真里の顔が脳裏に浮かんだ。

（真里さん……）

心のなかで名前を呼ぶだけで胸がせつなくなる。

自覚はしていなかったが、ずっと真里のことが忘れられなかったのだろう。再会のときが迫っていると思うと、胸の鼓動がどんどん速くなった。

念のため、早めにガソリンを満タンにしてから、再び走りはじめる。

道路は海を離れて内陸を通っていた。街を抜けて周囲は林になる。天気がいいので、日の光を受けた緑が眩く輝いている。気温もちょうどよく、まさにバイク日和という感じだ。

しばらく走ると、左手にまたしても海が現れる。潮の香りを楽しみながら快調に飛ばした。

やがて道路はＪＲ根室本線と交差する。内陸から来た線路が海沿いになり、道路は再び内陸に入っていく。ここから線路と道路は近づいたり離れたりをくり返しながら、ほぼ並行して走ることになる。

国道38号線から道道１０３８号線に入ると、先ほどよりも海にずっと近い場所を走ることになる。大きな波が来たら、飛沫（しぶき）がかかるかもしれない。いずれにせよ、これだけ潮風を受けたら錆の原因になる。東京に帰ったら、愛車を念入りに洗ったほうがいいだろう。

海沿いを延々と走り、道道１０３８号線から国道３３６号線に入る。あとはひたすら南下するだけだ。

少しずつ着実に襟裳岬が近づいている。もう休憩する気はない。いや、正確には休憩する心の余裕がなくなっていた。真里に会えると思うと、どうしても気持ちが逸（はや）った。

小さな街をいくつか通りすぎて広尾町（ひろおちょう）に入る。ここまで来れば、襟裳岬までは一時間ほどだ。とにかく、スピードを出し過ぎないように注意する。無駄な追い越しはせず、適度な速度で走る車のうしろをついていく。

そして、ついに襟裳岬の標識が見えた。

「帰ってきたんだ」

思わずヘルメットのなかでつぶやく。

心まで震えるほどの興奮を覚えながら、左のウインカーをつける。ここから道道34号線に入り、岬の突端を目指す。記憶が正しければ、目的地の民宿はまなすまであと数分のはずだ。

海沿いの道に民家が点在している。どこか郷愁を誘う長閑な光景は、健司の記憶にしっかり刻まれていた。胸に懐かしさがこみあげて、同時にせつなさが加速する。

（早く……早く会いたい）

真里への想いが加速して、ついついアクセルを開けがちになる。懸命に気持ちを抑えると、あえて低速で走りつづけた。

襟裳岬の駐車場が見えると、いったんバイクを乗り入れる。二十四年前、真里と出会った思い出の場所だ。

バイクを停めるとエンジンを切った。

時刻は午後五時になったところだ。かつて経験したことがないほど緊張している。心を落ち着かせるため、トイレを借りて戻ってくるが、それくらいで緊張がほぐれるはずもなかった。

（行くぞ……）

心のなかで自分に語りかけると、再びバイクにまたがった。

2

目の前に三角屋根の小さな民宿が建っている。

毎日、潮風にさらされているせいか、それとも経年劣化のせいか、白かった壁は薄汚れて灰色になっていた。

（そうだよな……）

健司はバイクにまたがったまま、小さく息を吐き出した。

民宿を前にして、はじめて現実を直視した気がする。当時の面影はあるが、愛らしかった建物は明らかに傷んでいた。

自分自身も年を取った。月に一度は白髪を染めているし、皺（しわ）も増えている。体力は落ちて、腹まわりには贅肉（ぜいにく）がついていた。二十四年前とは外見も中身も違っていた。

真里はどうなっているのだろうか。

きっと素敵に年を重ねていると想像していたが、それは自分の希望的観測にすぎない。実際のところは会ってみなければわからなかった。

(そもそも、俺のことなんて……)

とっくに忘れている可能性もある。

泊まった客の顔を、すべて覚えているわけではないだろう。健司が泊まったのは一度だけで、しかも二十四年も前のことだ。そのあと、手紙や電話のやりとりをしたわけでもなかった。

真里が覚えている保証はなにもない。むしろ、忘れている可能性のほうが高いのではないか。

(俺に気づかなかったら……)

そのときは、なにも言わずに黙っていたほうがいいだろう。

健司のことを覚えていないのなら、今さら現れても迷惑なだけだ。借りた金は封筒に入れて、部屋にそっと置いて帰るつもりだ。

バイクを降りると、民宿のドアを開ける。

鍵はかかっていなかったが、明かりが消えており、ずいぶん静かだ。まさか営業していないのだろうか。

「すみません」

　奥に向かって声をかける。

　返事がないので不安になってしまう。もう一度、声をかけようとしたとき、ドアの開く音が聞こえた。

「はい……」

　穏やかな女性の声を耳にして、全身に緊張が走った。

　聞き覚えのある声だ。廊下を見やれば、白いノースリーブのワンピースを来た人影が歩いてくる。

「お待たせして、ごめんなさい。今日は予約が入っていなかったものだから、すぐに気づかなくて」

　彼女は申しわけなさそうに言いながら壁のスイッチをオンにする。照明の光が降り注ぎ、彼女の姿がはっきり見えた。

（どうなってるんだ……）

　その瞬間、健司は両目を大きく見開いた。

　微笑を浮かべる女性を前にして、言葉を失ってしまう。ただ彼女を見つめたまま固まっていた。

「ご宿泊ですか」

声をかけられても、健司は答えることができない。

なにしろ、目の前に真里が立っているのだ。しかも、あのころと寸分違わぬ姿だ。やさしげな顔も、ストレートロングの艶やかな黒髪も、記憶のなかとまったく同じだ。

（そんなはず……）

思わずあとずさりしそうになるのを懸命にこらえた。

真里に会いたいと願いつづけていた。しかし、あれから二十四年の歳月が経っている。当然、容姿は変わっているだろう。望んでいる姿と違っていても、がっかりしないように覚悟を決めていた。

ところが、真里はなにも変わっていない。

健司が憧れていた女性が目の前に立っている。まるでタイムスリップしたような錯覚に囚われた。

「うっ……」

目眩がして足もとがフラつく。

バイクで長時間走りつづけた影響もあるのかもしれない。とっさに手を壁について体を支えた。

「大丈夫ですか」

彼女が慌てて駆け寄り、肩を貸してくれる。甘いシャンプーの香りが鼻先をかすめて、さらなる目眩に襲われた。

襟裳岬の駐車場ではじめて真里に会ったときのことを思い出す。

財布をなくして困っていたのに、彼女のシャンプーの匂いに強く惹きつけられた。焦りが溶けてなくなり、落ちこんでいたことすら忘れて、うっとりした気分に浸っていた。

「ま、真里さん……」

思わず名前を呼んだ。

すると、今度は真里が絶句して息を呑む。健司の肩を支えた状態で、凍りついたように固まった。

「どうして、母の名前を？」

動揺を無理に抑えこんだような言いかただ。

彼女の顔を見ると、頬の筋肉が微かにこわばっている。そのとき、ようやく自分の過ちに気がついた。

「す、すみません」

健司は体を離すと、彼女の顔をまじまじと見つめる。

やはり真里にそっくりだ。しかし、冷静に考えれば二十四年も経っている。容姿がなにひとつ変わらないなど、いくらなんでもあり得なかった。

「あまりにも似ていたので……」

「真里は母です。わたしは娘の杏里です」

彼女はとまどいの表情を浮かべながらも答えてくれる。

「そうですか……お嬢さんでしたか……」

平静を装うのでやっとだった。

真里は結婚して娘までいた。覚悟はしていたつもりだが、現実に直面すると想像していた以上にショックは大きい。杏里は二十歳を越えていると思う。真里はとうの昔に結婚していたのだ。

(そりゃそうだよな……)

胸のうちでつぶやき、自分を納得させようとする。

真里ほどの女性がずっと独身でいるはずがない。結婚している可能性が高いと思っていた。わかっていたはずだが、気持ちが追いつかない。胸が苦しくて、なにも考えられなくなっていた。

「あの……あなたは？」

杏里が訝るような目を向ける。

初対面の男が母親の名前を口走ったのだから、さぞ驚いたことだろう。悪いことをしたと思うが、こうしている今も真里が目の前にいると錯覚してしまう。それくらい瓜ふたつだった。

「わたしは真里さんの古い知り合いで、岡野といいます」

「岡野さん……」

杏里は小声でつぶやいて首をかしげる。

とくに思い当たる節がなかったのか、それ以上はなにも言わずに健司の顔を再び見つめた。

「真里さんは……お母さんはいらっしゃいますか？」

尋ねた瞬間、杏里の頬があからさまにこわばった。

「いえ……」

口調が硬くなっている。

考えてみれば真里は結婚しているのだ。それなのに見知らぬ男が母親を訪ねてきたのだから、警戒するのも当然な気がした。

「真里さんは何時ごろお戻りになられますか？」

穏やかな口調を心がけるが、杏里の頬はこわばったままだ。健司の顔を見つめながら、あとずさりした。

「母は戻りません」

「そうですか」

残念ながら留守らしい。結婚していたのはショックだったが、ここまで来たのだから会いたかった。

「やはり連絡を入れておくべきでしたね。お母さんが戻ったら、岡野が訪ねてきたと――」

「母は亡くなりました」

杏里がぽつりとつぶやく。

次の瞬間、頭のなかがまっ白になった。彼女の言葉は聞こえたが、意味がわからない。いや、瞬時に理解したが、心が受け入れるのを拒絶していた。とにかく信じたくなかった。

「そ、そんな……」

急に全身から力が抜けて、健司はその場に尻餅をついた。

だが、杏里は手を貸そうとしない。離れた場所から、警戒心を隠そうともせずに見つめていた。

「もう十年も前です」

杏里の声が頭のなかで反響する。

十年前、真里は三十六歳で亡くなった。いったい、なにがあったというのだろうか。

「お知り合いなのに、ご存じなかったのですか？」

杏里が抑揚のない声で告げる。

悪性腫瘍が見つかり、あっという間に逝ってしまったという。健司は責められている気がして、胸が苦しくなった。さんざんお世話になっておきながら、一度も連絡しなかったのは事実だ。

「俺が会ったのは二十四年前に一度きりで……」

「二十四年前？」

「財布を落として困っていたとき、真里さんに……お母さんに助けてもらったんです」

尻餅をついたままつぶやいた。

ふいにこみあげてくるものがあり、鼻の奥がツーンとなる。慌てて奥歯を食いしばるが、どうしても目が潤んでしまう。それを見られまいとして、とっさに顔をうつむかせた。

「ただで泊まらせてくれて、ガソリン代まで出してくれて……遅くなったけど、それを返そうと思って……」

言葉につまりながらも、なんとか説明する。ショックが大きすぎて、まだ頭がクラクラしていた。

「健司くん……」

ふいに名前を呼ばれてドキリとする。

その声が真里にそっくりだった。思わず顔をあげると、杏里が今にも泣き出しそうな顔で見つめていた。

「やっぱり、そうなんですね」

念を押すような言葉に、健司は無言で首を縦に振った。

「いつも母から聞いていました。大学生の健司くんの話をうれしそうにしていたんです」

そう言って、杏里の目から涙が溢れる。真珠のように美しい涙が、白い頬を伝い流れた。

「俺の話を……真里さんが……」

「はい。いつか必ず来るからって」

杏里が歩み寄り、健司の手を取って立ちあがらせてくれる。

「わたしは信じていなかったんです。だって、母が健司さんと会ったのは一度きりだし、何年も連絡がなかったんですから。でも、母は必ず来るって言いつづけていました」

「真里さん……」

その言葉を聞いて、ついにこらえきれなくなってしまう。健司の目からも涙が溢れ出し、慌てて手の甲で拭った。

「母が結婚したのは二十二年前です」

杏里が説明してくれる。

健司と出会った二年後、真里は結婚していた。そして、その年に杏里が生まれたという。つまり杏里は現在二十二歳だ。

真里の夫は近隣の街に住んでいた男性で、見合い結婚だった。ところが、杏里が生まれた直後、夫は不幸な事故で亡くなっていた。

「それから、母はずっとひとりでした」

杏里の声は思いのほか穏やかだ。

祖父母と同居だったので、それほど淋しさは感じなかったという。だが、真里は違ったようだ。

「わたしが十歳になってから、健司くん……健司さんの話をするようになったんです。父のことより、健司さんの話をするほうが多かったです。当時はどうしてだろうって思っていたんですけど……」

そう言って杏里は目を細める。

聞いたのは十年以上前だが、明確に覚えているらしい。それだけ印象的な話だったのだろう。

「きっと、母は健司さんのことが好きだったんですね」

その言葉は健司の胸に深く響いた。

真里が明確に語ったわけではないが、娘の杏里がそう感じたのだから、きっとそうなのだろう。

杏里はふいに黙りこむと、新たな涙をポロポロこぼした。

「大丈夫ですか？」

「健司さんの涙を見たら……うれしくなってしまって」

いったい、どういう意味だろうか。健司がとまどっていると、杏里は再び口を開いた。

「だって、健司さんは母のことを想って泣いてくれたんですよね。きっと、天国の母も喜んでいると思います」

本当にそうなら、来たかいがあるというものだ。真里には会えなかったが、ここに来ることができてよかった。

「今日は泊まってくれるんですよね？」

杏里が縋（すが）るような瞳で尋ねる。

そのつもりだったが、事情を聞いて迷いが生じていた。真里は結婚して子供までいたのだ。もう、自分がかかわってはいけない気がした。

「母も喜びます。お願いします」

懇願されると心が揺れる。真里を生き写しにしたような杏里が、潤んだ瞳で見つめていた。

「わかったよ……一泊させてもらおうかな」

「はいっ」

健司がつぶやくと、杏里はとたんに笑顔になった。

いったんバイクに戻り、荷物を持って戻る。すると、杏里が二階の部屋に案内してくれた。

「ここ、健司さんが二十四年前に泊まった部屋です」

そう言われると、そんな気もする。正直、部屋まで覚えていなかったが、真里は杏里に話していたらしい。

(まさか、風呂場でのことも……)

ふと思い出す。

真里にフェラチオしてもらったことは、大切な記憶として胸の奥にしまっていた。だが、真里は杏里になんでも話している。もしかしたら、風呂場でのことも語って聞かせているのではないか。

(いや、いくらなんでも……)

即座に自分の考えを否定する。

真里は杏里がまだ十二歳のときに亡くなった。子供にする話ではない。さすがにフェラチオの話はしないだろう。

「そういえば、おじいさんとおばあさんは？」

「今日は予約が入っていなかったので、出かけています」

杏里がさらりと答える。

現在、民宿はまなすは、杏里と祖父母の三人で経営しているという。今日、祖父母は知り合いの家に出かけていて、そのまま泊まることになっていた。

（ということは……）

さりげなく杏里を見やり、胸の鼓動が速くなる。

奇しくも杏里はあのころの真里と同じ二十二歳だ。しかも、容姿は区別がつかないほど似ている。そんな杏里と今夜はふたりきりなのだ。意識するなというほうが無理な話だった。

3

（なにもあるはずないよな……）

心のなかでつぶやき、思わず苦笑が漏れる。

晩ご飯をごちそうになり、今は風呂に入っているところだ。浴槽に浸かりながら、両手で湯を掬(すく)って顔を撫でた。

杏里は真里に似ているが、当然ながら別人だ。なにかを期待してはいけない。そう何度も自分に言い聞かせて、彼女の前では平静を装った。

しかし、ひとりになると、あの日の記憶が鮮明によみがえる。

ここは二十四年前、真里の自慰行為をのぞいて、そのあとフェラチオをしてもらった懐かしい浴室だ。蕩(とろ)けるような快楽を思い出すことで、ペニスが芯を通して湯のなかでそそり勃(た)った。

「失礼します」

突然、風呂場のドアが開いた。

裸体に白いバスタオルを巻きつけた杏里が入ってくる。黒髪を後頭部でアップにまとめて、頬をほんのり桜色に染めていた。

バスタオルの縁が乳房にプニュッとめりこんでいる。さらには裾がミニスカートのようになっており、白くてむっちりした太腿(ふともも)がつけ根近くまで大胆に露出していた。

「あ、杏里さん……どうしたの？」

慌てて声をかける。

真里のことを思い出して、ペニスが勃起しているのだ。絶対に見つかるわけにはいかなかった。

「お背中を流しますよ」

「そんなことしなくていいよ」

健司が告げると、杏里は淋しげに視線を落とした。

「母と同じことをしたいんです」

そう言われてドキリとする。

真里に背中を流してもらった覚えはない。まさかフェラチオのことではないと思うが、胸の鼓動が速くなった。

「母が亡くなってから、日記が出てきたんです。そこに書いてありました」

「な、なにが書いてあったの？」

「健司くんと浴室って走り書きが……背中を流したんじゃないんですか？」

今度は杏里が質問する。

最初は不思議そうに首をかしげていたが、なにかを悟ったのか急激に顔が赤く染まった。

「もしかして、母は健司さんと――」

「ちょ、ちょっと待って、なにもないよ。誤解だって」

健司は慌てて彼女の言葉を遮った。

なにもなかったというのは嘘だが、ここは真里の名誉のためにも本当のことは明かせない。結婚前とはいえ、母親が大学生だった健司ときわどい関係を持ったのだ。セックスはしていなくても、真実を知ったら杏里はショックを受けるに違いなかった。

「そうだ、思い出した。真里さんに背中を流してもらったんだ。でも、それだけだよ」

必死にごまかそうとするが、かえって疑われている気がする。

自分でも嘘が下手だと痛感していた。しかし、杏里はそれ以上、詮索することはなかった。

「そうですか……でも、母が好きになった人のこと、わたしも知りたいんです」

「ど、どういうことかな？」

健司の問いかけには答えず、杏里はバスタオルを取って裸体を晒す。

母親譲りの見事な身体だ。たっぷりした乳房は釣鐘形で乳首は愛らしいピンク色、くびれた腰に肉づきのいい尻、さらには漆黒の陰毛がそよぐ恥丘に視線が吸い寄せられた。

「あ、杏里ちゃん？」

「いっしょに入ってもいいですか」

杏里はそう言うと、答えを待たずに浴槽の縁をまたぐ。その瞬間、真里によく似た紅色の陰唇がチラリと見えた。

（ダ、ダメだ……）

慌てて顔をそむけるが、ペニスはますます疼いてしまう。勃起が収まることなく、さらに硬く反り返った。

杏里は向かい合う格好で湯に浸かる。健司の脚の間にしゃがみこむ格好だ。浴槽の縁から湯が溢れて、ザーッと音を立てた。

「母からずっと健司さんのことを聞かされていたせいでしょうか。不思議とはじめて会った気がしないんです」

杏里が穏やかな声で話しはじめる。

「見合い結婚は、母の本意ではなかったんだと思います。でも、父が亡くなったことで、気持ちが抑えられなくなったんです」

「そ、それは、杏里ちゃんが思っていることで……」

「わかるんです。わたしには母の気持ちが」

きっぱりした口調だった。

女同士だからなのか、母娘(ははこ)だからなのか、とにかく杏里は真里の気持ちがわかるという。

「母は健司さんを待っていました。きっと、こういうことをしたかったんだと思います」

杏里の手が健司の足首に触れる。

両手で左右の脚をゆっくり撫であげて、膝に重ねた。さらには内腿をくすぐりながら、股間へとじりじり迫る。

「な、なにを……」

「心残りだったんです。最後までしなかったことが」

杏里の口調が変わった気がした。

手のひらが内腿のつけ根に到達する。さらには陰嚢(いんのう)を両手で包みこみ、湯のなかでやさしく揉(も)みはじめた。

「くうッ……」

たまらず呻き声が漏れる。

まさか杏里がこんなことをするとは思いもしない。激しくとまどいながらもペニスはさらに硬くなる。湯のなかなのでわからないが、先端からは大量の我慢汁が溢れているはずだ。

「あ、杏里ちゃん……ど、どうして……」

「健司さんは、いやですか？」

杏里はやさしくささやきながら、右手の指を太幹に巻きつける。ゆるゆるとしごかれて、とたんに甘い刺激がひろがった。

「ううぅッ」

「すごく硬いです。もしかして、母のことを思い出してたんですか？」

「そ、それは……」

内心を見透かされている気がして口ごもる。すると、杏里の指が敏感なカリ首を擦り、たまらず腰に震えが走った。

「ちょ、ちょっと……」

「いいんですよ。もっと気持ちよくなってください。そのほうが、きっと母も悦ぶはずです」

湯のなかでペニスをしごかれて、同時に陰嚢を揉まれている。

わけがわからないまま、興奮がふくれあがっていく。頭の芯が痺(しび)れて、理性の抑えが効かなくなる。欲望が燃えあがり、これまで心の奥に押しこんでいた真里への想いが溢れ出した。

「くおおおッ」

両手で浴槽の縁をつかみ、股間をグッと突きあげる。ペニスはこれ以上ないほど硬くなり、太幹に巻きついている指を押し返した。

「ああっ、すごい……たくましいです」

杏里が喘(あえ)ぎまじりにつぶやき、潤んだ瞳で健司を見つめる。

(ま、真里さん……)

まるで真里と見つめ合っていると錯覚してしまう。

健司の心は二十四年前に飛んで、大学生に戻ったような気持ちになる。フェラチオしてもらったあと、こうして浴槽のなかで戯れることができたら、どれほど幸せだっただろうか。

何度も妄想してきたことが、今、現実になっている。奇跡が起きているとしか思えなかった。

「健司くん……」

そう呼ばれると、いよいよ現実と妄想の区別がつかなくなる。

杏里は健司の股間にまたがり、ペニスの先端を自分の股間へと導いた。亀頭が陰唇に触れて、期待と興奮が押し寄せる。

ひとつになりたい。憧れの人のなかに入りたい。思いきり腰を振り合って、快楽を共有したい。まだ先端が触れただけだというのに、欲望が一気に膨張して頭のなかがまっ赤に染まった。

「挿(い)れるわね」

杏里が耳もとでささやき、腰をゆっくり落としはじめる。

亀頭が彼女の柔らかい部分に埋没する。女陰を押し開いて、熱い膣(ちつ)粘膜が覆いかぶさった。

「ああンっ、大きい」

甘い喘ぎ声と吐息が耳穴に流れこむ。ゾクゾクするような快感が背すじを走り抜けて、思わず両腕を彼女の腰にまわしていた。

「ま、真里さんっ」

無意識のうちに真里の名前を呼んでしまう。言った直後に気づくが、杏里はいやな顔ひとつしなかった。

「健司くん……ああンっ」

それどころか、まるで真里のように呼びながら尻をさらに下降させる。雄々しく屹立したペニスがすべて膣内に収まり、ついには湯のなかでふたりの股間が密着した。

「ううッ、き、気持ちいいっ」

健司はたまらず呻きながら、杏里の首すじにむしゃぶりつく。白い肌にキスの雨を降らせては、舌を伸ばして舐めまわす。

「あンっ、くすぐったいわ」

杏里はまるで大学生の健司を諭すように言うと、腰をゆったりと大きくまわしはじめる。尻で円を描くことで、ペニスが媚肉で揉みくちゃにされる。亀頭と竿を四方八方から刺激されて、甘い感覚がひろがった。

「そ、それ、すごいです……うううッ」

「これがいいのね……はああンっ」

健司の反応を見ながら、杏里が腰をまわしつづける。あくまでもスローペースで焦らすような動きだ。

「なかで擦（こす）れて……くううッ」

快感がふくらむが、まだ射精するほどではない。水面近くで揺れる乳房を揉みあげると、乳首を口に含んで舐めしゃぶった。

「ああンッ、いいわ、上手よ」

杏里の口調は真里そのものだ。

健司は快楽に翻弄されて、されるがままになっている。杏里は両腕で健司の頭を抱くと、自分の乳房に押しつける。健司は夢中になって乳首を吸いあげて、硬くなったところを舌で転がした。

「あっ……あっ……」

切れぎれの喘ぎ声が耳穴に流れこみ、牡（おす）の欲望を刺激する。ペニスは硬さを増して、膣のなかでビクビク震えた。

「き、気持ちいいっ、ううッ」

射精欲がふくれあがり、股間をグイッと突きあげる。それに合わせて湯が波打ち、浴槽の縁から溢れ出た。

「はああンっ、奥まで来てる」

杏里の顎が跳ねあがり、桜色に染まった喉もとが晒される。

それと同時に腰の動きが、円運動から前後動に変化した。股間をしゃくることで、根もとまで呑みこんだペニスがしごかれる。無数の膣襞（ひだ）がからみつき、奥へ奥へと引きこんでいく。

「おおおッ、す、すごいっ」

結合がさらに深まり、亀頭が膣の行きどまりに到達する。彼女の体重が股間に集中することで、ペニスが膣の最深部をこれでもかと圧迫していた。

「あううッ、い、いいっ」

杏里も感じているのは間違いない。

女壺のうねりが大きくなり、太幹を思いきり絞りあげる。膣口が猛烈に締まって、竿のつけ根にギリギリとめりこんだ。

「くううッ、そ、そんなにされたら……」

情けない声で訴える。

射精欲の大波が押し寄せて、必死に奥歯を食いしばって耐え忍ぶ。しかし、杏里は腰の動きをとめようとしない。それどころか、健司の首にしがみつき、股間を激しくしゃくりあげる。

「ああッ、奥に当たるのっ、あああッ」

「そ、そんなに激しく……くおおおッ」

もうこれ以上は耐えられない。健司も彼女の動きに合わせて、真下からペニスをたたきこむ。浴槽の湯がザブザブと波打つなか、絶頂に向けて股間を思いきり突きあげた。

「ああッ、い、いいっ、いいっ」

杏里の喘ぎ声が浴室の壁に反響する。

彼女にも最後の瞬間が近づいているのは間違いない。膣のうねりが激しさを増して、ペニスをさらなる深みへと引きずりこんだ。

「おおおッ、で、出るっ、真里さんっ」

「いいわっ、出して、健司くん、いっぱい出してっ」

杏里の声が引き金となり、ついに絶頂の嵐が吹き荒れる。健司は女体をしっかり抱きしめると、膣奥に埋めこんだペニスを脈動させた。

「ぬおおおおッ、出る出るっ、くおおおおおおおッ！」

獣のような雄叫びとともに、ザーメンを噴きあげる。凄まじい快感が押し寄せて、頭のなかがまっ白になった。

「はああああッ、いいっ、気持ちいいっ、イクッ、イクうううッ！」

杏里のよがり泣きが響きわたる。

健司の首にしがみついて、アクメの嬌声（きょうせい）を振りまいた。女体がビクビク痙攣（けいれん）しながら、ペニスをさらに絞りあげる。唇の端から透明なよだれを垂らして、エクスタシーの快楽に酔いしれた。

ふたりは浴槽のなかで抱き合い、絶頂の愉悦を共有する。

言葉を交わすことなく顔を寄せると、どちらからともなく唇を重ねていた。舌をからませて唾液を何度も交換する。そうすることでアクメがより深いものになり、全身に染みわたるようにひろがった。

（や、やった……ついに……）

絶頂の余韻のなか、健司は心を震わせる。

長年この瞬間を夢見てきた。心のどこかで、真里と深くつながりたいと願っていた。

真里ではないとわかっている。

しかし、確かに真里と抱き合っている感覚がある。夢でも幻でもいい。今、この瞬間を大切にしたかった。

「健司さん……ありがとうございます」

杏里が消え入りそうな声でつぶやいた。

健司の頭を抱いたまま、火照った裸体を小刻みに震わせる。健司はなにも言わず、杏里の身体を強く強く抱きしめた。

エピローグ

健司は苫小牧から大洗行きのフェリーに乗っていた。

甲板に出て、昼の陽光で煌めく海面を眺めている。フェリーが起こした白い波が、後方にどんどん流れていた。

昔は東京行きのフェリーがあったのだが、今はなくなっている。房総半島をぐるっとまわるのに時間がかかるため、大洗港で下船して自走したほうが早いということだろうか。

(そんなに急いでどうするんだ……)

遠ざかっていく北海道を見つめて、心のなかでつぶやいた。

人生、そんなに急がなくてもいいと思う。

健司は二十四年ごしにお礼をしたところだ。相手は杏里になったが、天国の真里にも気持ちは伝わったと思う。あのときの宿泊代とガソリン代を封筒に入れて手渡すと、真里の仏壇に置いてくれた。

（真里さん、杏里ちゃん……ありがとう）

心のなかであらためて礼を言う。

ずっと頭の片隅に引っかかっていた。ようやく義理をはたして、肩の荷がおりた気分だ。

思い返せば、真里への想いをずっと抱えていた。誰とつき合っても、うまくいくはずがなかった。

（とはいえ、この年じゃな……）

大海原を見つめて、小さく息を吐き出した。

四十四歳という年齢を考えると、これから大恋愛をする可能性は低いのではないか。

空を見あげて思わず目を細める。

雲ひとつない青空がひろがり、太陽が眩く輝いていた。できることなら、真里をバイクのうしろに乗せて北海道の青空の下を走りたかった。だが、その願いは永遠に叶えることができなくなった。

（それでも……）

前を向いて歩いていくしかない。

そんなことを考えていると、ポケットのなかでスマホが鳴った。取り出して確認する。ショートメールの着信だ。

「ソムリエの試験に受かったら、東京に遊びに行きます。健司さんの部屋に泊めてもらえますか？」

奈緒からの返信だった。北海道に上陸して、最初に出会った女性がわざわざ連絡してくれたのだ。

（前を向いていれば、きっと……）

なにかいいことがあると信じたい。真里の分もしっかり生きていこうと心に誓った。

本書は書き下ろしです。

実業之日本社文庫 は615

空（そら）とバイクと憧（あこが）れの女（ひと）

2023年6月15日　初版第1刷発行

著　者　葉月奏太（はづきそうた）

発行者　岩野裕一
発行所　株式会社実業之日本社
〒107-0062　東京都港区南青山6-6-22　emergence 2
電話［編集］03(6809)0473［販売］03(6809)0495
ホームページ　https://www.j-n.co.jp/
ＤＴＰ　ラッシュ
印刷所　大日本印刷株式会社
製本所　大日本印刷株式会社

フォーマットデザイン　鈴木正道（Suzuki Design）

ISBN978-4-408-55812-7（第二文芸）